まさかまさか
よろず相談屋繁盛記

野口　卓

集英社文庫

目次

まさかまさか

よろず相談屋繁盛記

主な登場人物

信吾　黒船町で将棋会所「駒形」と「よろず相談屋」を営む
甚兵衛　向島の商家・豊島屋のご隠居。「駒形」の家主
巌哲和尚　信吾の名付け親で武術の師匠
常吉　「駒形」の小僧
正右衛門　信吾の父。浅草東仲町の老舗料理屋「宮戸屋」主人
繁　信吾の母
正吾　信吾の弟
咲江　信吾の祖母

命あっての

一

「お席代、いただきましょうか」

庭の草むしりを手伝わせていると、小僧の常吉《つねきち》がそう訊《き》いた。

天気がいいので障子を開け放ってあるため、屋内がまる見えになっている。

信吾《しんご》が常吉の視線の先を追うと、土間に立った若い武士が、将棋を指す客たちや壁の料金表などを見ていた。

自分は指さずに人の勝負を見物するだけの客もいるので、敷居を跨《また》げば二十文の席料をもらうようにと、常吉には言ってある。しかし相手が武士だけに、さすがに躊躇《ちゅうちょ》したのだろう。最初のころ、岡《おか》っ引《ぴき》の権六《ごんろく》親分から徴収しようとして信吾を焦らせたことがあったが、少しは判断力も付くようになったようだ。

「ようすを見にいらっしゃっただけかもしれないので、どなたかと対局を始められたらいただきなさい」

豊島屋《としまや》のご隠居甚兵衛《じんべえ》に借りた黒船町《くろふねちょう》の家で、信吾は「よろず相談屋」と将棋会所

「駒形《こまがた》」を営んでいる。

信吾が借りるまでは小舟町《こぶなちょう》の乾物問屋の主人が、お妾《めかけ》さんを囲っていたとのことであった。八畳と六畳が二間、板の間に土間と勝手、そして三畳の下女部屋という間取りである。三畳間は常吉の寝起きする部屋になった。

厠《かわや》は少し離れて建てられている。ちいさな池のある庭も付いて、植木や庭石の配置もなかなか凝っていた。

すぐ近くに的場や馬場があることからわかるように、西の方角には大名家の上屋敷、中屋敷、下屋敷、さらには旗本屋敷などが並んでいる。また寺も多く、それらと町家が混在した地域となっていた。

そのためだろう、ときおりだが武士や僧侶が客となることがあった。もっとも、どちらも身分は低い者たちばかりだ。

大身《たいしん》の武家や高位の僧侶となると、庭を眺めながら贅沢《ぜいたく》な造りの部屋で、本榧《ほんかや》脚付きの分厚い盤、彫駒《ほりごま》や漆の盛上駒《もりあげごま》で指すのだろう。町の将棋会所などに来る訳がなかった。第一、多忙なために、とてもそんな暇はないはずだ。

姿を見せる武士は部屋住み厄介と呼ばれる次三男坊や浪人、貧乏御家人の隠居くらいであった。僧侶の場合は生臭坊主で、ちゃんとした寺の若い修行僧は、用が多くてそれどころではない。

「駒形」の客は浅草界隈《あさくさかいわい》の商家の息子や隠居、怪我《けが》をして仕事を休んでいる職人、売れない芸人などであった。雨が降ると大工や左官、屋根葺《やねぶ》き職人なども、仕事が休みになるのでやって来た。

だから武士と僧侶、特に前者は目立つのである。

その侍は二十代の半ばぐらいで、着ている物もあまり上等とは言えなかった。

視線を感じたからだろう、侍がゆっくりと首を捩《ね》じって信吾を見た。

そして、驚愕《きょうがく》したというのが大袈裟《おおげさ》でないほど表情が激変した。だがそれよりも奇妙だったのは、一瞬後には素知らぬ顔にもどっていたことである。もしかしたら、自分の目の錯覚ではないだろうかと思ったほどだ。

決して錯覚や、目が変になったのでないことは、信吾が一番よく知っている。

「なにごとも基本は見ることだ。ただし普通の見方ではだめである。よく見なければならん。よくよく見ることを徹底せよ」

巌哲《がんてつ》和尚からはそう叩《たた》きこまれていた。九歳から棒術と柔術、十五歳から剣術、そして十七歳からは鋼《はがね》の鎖と短い木の棒を組みあわせた護身具、鎖双棍《くさりそうこん》を習っている。

相談屋と将棋会所を開いてからは、十日か半月に一度しか和尚に稽古を付けてもらいに行けなくなった。しかし、小僧の常吉が寝てしまうと、夜ごと庭に出て鍛錬を続けている。

常吉は夕食がすんで四半刻《しはんとき》（約三〇分）もすれば寝てしまうし、大通りから外れているので人通りもない。体を鍛える時間はたっぷりと取れた。

鍛錬の内容は次のようなものだ。

木刀の素振りと型、棒術の連続技、鎖双棍の複雑な組みあわせ技。その仕上げが鎖双棍のブン廻《まわ》しであった。

もっともブン廻しだけは明るくないとできないので、早朝、常吉の起き出すまえに四半刻ほどおこなっている。常吉は一度寝てしまうと、地揺れぐらいでは起きず、毎朝、信吾に体を揺さぶられて、ようやく寝床を這《は》い出る始末だ。

鎖双棍は琉球《りゅうきゅう》あるいはさらに南方から伝わったとされる、ヌウチクともヌンチャクとも呼ばれる双節棍を、わが国で改良した護身具とのことだ。

前身である双節棍は、長さが一尺（約三〇センチメートル）ほどで太さが一寸（約三センチメートル）ぐらいの、丸か六角形、あるいは八角形をした二本の棒を、短い革紐《かわひも》で繋《つな》いだものだ。それを片手あるいは両手で自在に操って身を護《まも》るが、もちろん強力な攻撃力を持つ武器ともなり得る。

それに改良を加えた鎖双棍は、太さはおなじくらいだが五寸（約一五センチメートル）の短さにした二本の棒を、一尺五寸（約四五センチメートル）の鋼の細い鎖で繋いだものだ。そのため双節棍よりずっと軽かった。折り畳んで細紐で縛り、懐に忍ばせることもできるので、護身具としてはより優れている。

鎖双棍のブン廻しは、片方の棒を握って頭上で円を描くように振り廻す。鎖ともう一方の棒が一直線となって猛烈な速度で回転するために、一枚の円状の板、円盤としか見えなくなる。

「よいか、信吾」

実際に鎖双棍を操って見せながら、巌哲和尚が言った。

「最初は繋がっている鎖の環《わ》の、一つ一つが見わけられる速さで廻す。手に持った棒に近い環はゆっくり廻るので見て取れるが、先端の棒に近い鎖の環は、なかなか見わけられぬものだ。だから先端部分の環を見るように。どうだ、見えるか」

「はい」

和尚が手首の捻《ひね》りをわずかに早めたらしく、鎖と先端の棒が一本につながってしまい、個々の環を見ることができなくなってしまった。

「見えません」

言葉と同時に巌哲が回転速度を落としたようで、環の一つ一つを見わけられるようになった。

「見えます。……あ、見えません。……見えます。……見えません」

その繰り返しであった。

「今は見えなくてもな、根気よく厭《あ》きずに続けておると」

その瞬間に巌哲の振り廻す鎖双棍が、ヒュンヒュンと空を切って一枚の円盤のように見えた。

「和尚さまにはそれが見えるのですか」

呆気《あっけ》にとられた信吾が訊《たず》ねると、巌哲はニヤリと笑った。

「とてもではないが、わしも見ることはできんわい」

言いながら巌哲は、回転の速度を緩めたようだ。和尚はしばらくのあいだ、鎖と棒の作る、信吾には円盤としか見えぬものを見ていた。

「ここまで落とせば、ようやくわしにも見える」

和尚の目には見えるのだろうが、信吾には個々の鎖の環を見ることなど、とてもできなかった。

巌哲がわずかに手首の捻りを変えたらしく、先端の棒がすーッと落ちて来た。それを摑《つか》むと、和尚は鎖双棍を信吾に渡した。

「一つ一つの環が見えるようになったら少し速くし、それを繰り返して速めてゆくのだ。この鍛錬のよいところは自分一人で、いつでもどこでも、長くも短くも、自在にできることだ。するとな、慣れるにつれて相手の動きが緩やかに見えるようになる。ゆえに攻撃を躱《かわ》すのが楽になるのだ。相手がゆっくりと殴り掛かってきたなら、避《よ》けるのは簡単だろう。それとおなじことなのだよ。楽に反撃もできるということだ」

和尚の言ったことは、鍛錬を続けるにつれて理解できるようになった。

そのため信吾は雨が降らないかぎり毎朝、巌哲和尚が言うところのブン廻しの鍛錬を欠かさない。家は生垣と黒板塀で囲われているので、人に見られる心配もなかった。

その信吾が、「駒形」にやって来た若い武士が一瞬見せた表情の激変を、見逃すはずがない。大抵の者であれば見落としただろうし、見ていたとしても、目の錯覚だと思って自分を納得させたかもしれなかった。

だが信吾には見えた。

若侍は信吾を自分の知人のだれか、あるいは思いも掛けない人物だと思ったようだ。だが信吾にとって若侍は初めて見た顔であった。少なくともこれまでに関わったことはない。いや日常、武士に接することなどほとんどなかった。

それだけに気にならない訳がないが、信吾なりの結論を出した。

世の中には自分と瓜二つ《うりふた》の人間が、三人はいると言われている。だから若侍は信吾を見て、かれの知りあいのだれかだと思って驚いたが、素早く判断して、そんなことがあろうはずがないと、思い至ったのだろう。

それが驚くほど急な変化になったのだと、信吾は自分なりに解釈した。

ほどなく若侍は帰って行ったので、それだけであれば信吾は忘れたにちがいない。

ところが一日置いて、先日の若侍と同年輩の、しかしかなり身装《なり》のよい若侍がやって来たのである。

その日は客同士で手がそろい、信吾が対局しなければならぬ相手もいなかったので、これ幸いと、居室にしている奥の六畳間で読書していた。担ぎの貸本屋が薦めてくれた滑稽本だったので、文机《ふづくえ》や書見台に向かってでなく、寝転がって読んでいたのだ。

襖《ふすま》の向こうで常吉の声がした。

「お客さまがお呼びです」

「常連のお方ですか」

「いえ」

「お名前は」

「存じません」

「お客さまの紹介でお見えの方ですか」

「いいえ」

「それじゃわからないではないですか。一体どういうお方なのだい」

「お侍さんです」

信吾は跳ね起きた。あわてて着物の襟元と裾を整え、帯を締め直した。

「だったら、お武家のお客さまがお呼びですと言えば、それだけですむのです。だいたい常吉はむだが多すぎます。一番大事なことはなにかを、常に考えるようにしなさい。そんなことではいい商人《あきんど》になれませんよ」

「へーい」

右の耳から左の耳へと聞き流したような返辞であったが、それ以上怒る気にはなれなかった。お武家を待たせる訳にはいかない。

足早に居室を出た。

「お待たせいたしましたがご容赦願います。当将棋会所のあるじの信吾と申します。どうかお見知りおきくださいませ」

信吾は正座すると両手を突いて深々とお辞儀をし、挨拶の言葉を述べた。

武士は出入口の土間に立ったままであったが、面をあげた信吾を見て、先日の若侍とはちがいはしたものの、表情に微妙な変化を見せた。ということは、話を聞いてたしかめに来たことを意味する。

「秋月倫太郎《あきづきりんたろう》と申す。ゆえあって主君の名を明かすことはできぬが、怪しき者ではない」

「秋月さま、そこではなんですので、どうかおあがりくださいませ」と言って、背後に声を掛けた。「常吉、お茶をお出ししておくれ」

「へーい」

「いや、茶は遠慮しておこう。信吾と申したな、しばし拙者に付きおうてもらえぬか」

「よろしゅうございますが、ご用件は将棋会所に関するものでしょうか。それとも看板のもう一枚、よろず相談屋に関するものでしょうか」

「どちらとも言えぬが、敢《あ》えて申すなら相談ということになろうな」

「そういうことでしたら、奥の六畳間でうけたまわります」

秋月は答えずに客たちを見渡した。人に聞かれては都合が悪いということだ。

「場所を変えたほうがようございますね」

「そうしてくれると助かる。なに、長くは取らせぬ」

いくらなんでも、問答無用でバッサリということはないだろう。懐にはいつものように鎖双棍を忍ばせてあるが、相手が武士なので役には立たないかもしれなかった。

雪駄《せった》を履きながら横目で甚兵衛を見たが、心配でならぬとの胸の裡《うち》を隠そうともしない。気にするほどのことでもありませんよと微笑《ほほえ》んで見せたが、却《かえ》って不安な思いを抱かせたかもしれなかった。

二

門を出て少し西に歩くと日光街道に出た。右に、つまり北へ進めば金龍山浅草寺《きんりゅうざんせんそうじ》が、左へ道を取れば、その先に浅草橋が架かっていた。

両親が営む料理屋の宮戸屋《みやとや》にしようかとも思ったが、二本差しといっしょだと心配させるかもしれない。かと言って神社や寺の境内では失礼だろう。

迷っていると秋月がつぶやいた。

「屋敷に来てもらうのが一番よいのだが、先刻、主君の名を明かせぬと言った関係で、それはできぬのでな」

問答無用でバッサリは、回避できたということだ。いや、取り敢えず、と訂正したほうがいいかもしれない。

どちらからともなく、ゆっくりと南への道を取った。日光街道ということもあり、元《もと》旅籠町《はたごちょう》とか新旅籠町などの名の町があるように、旅人を相手にした旅宿や商売が多い。

「付かぬことを伺いますが、秋月さまは何歳になられましたのでしょうか」

「………」

思いもしないことを問われたからだろう、秋月は明らかに困惑したようである。少し間を置いてから返辞をした。

「二十二である」

「さようでございますか。てまえは二十歳《はたち》になりました」

「だからどうした。なにが言いたい」

「不審に思われるのはごもっともでございます。ですがいかがでしょう。身分と立場はわきまえておるつもりですが、ここは一つ、そういうものに縛られず、気楽に話していただくということに、していただけないでしょうか」

考え方によってはとんでもない提案で、激怒されてもしかたないところだ。だがあくまでも気楽に話してもらいたいということで、信吾と対等に語りあってほしいとの頼みではない。その辺の微妙な意味あいを誤解されなければいいのだが。

秋月倫太郎はしばらく考えてから言った。

「そのような柔軟な考え方のほうが、解決を見出《みいだ》せるかもしれんな。どうもわれらは凝り固まった考えしかできぬのかもしれぬ。そちのような町人の考えに添ったほうが、突破口が見出せるかもしれん」

「お武家さまですから、てまえどもに語っていただけぬことが多いのはわかっておりますす。ですので、むりのない範囲でお話しいただけましたら」

「信吾」

「はい」

「そのほうのような者が、一人でもおれば、わしらが齷齪《あくせく》することもなかったろうよ」

どうやら四角四面な、融通の利かぬ男ではないらしいので、信吾はいくぶん安心した。

わしら、と言ったところからすると、仲間と言うか、共に動いている者がいるということだ。先日の若侍も、おそらくその一人だろう。

将棋会所とよろず相談屋のどちらに用かと訊くと、秋月は敢えて言うなら相談だと答えた。となるとなぜ先日の若侍は「駒形」に来て、信吾を見て驚いたのだろうか。驚くということは、信吾を訪ねて来たのではないということになる。

しかし一人で気を揉《も》んでも、わかっていることが少なくては対応のしようがない。

さりげなく訊くことにした。

「将棋の駒の中に駒形と書いた将棋会所とよろず相談屋、二枚の看板を掲げてありますが、二日前の若いお侍さんは、どちらを訪ねていらしたのでしょう」

「ああ、岡谷《おかや》か。偶然見付けたと言っておった」

「偶然と申されますと」

「散策だと言っておるが、要するにぶらつき歩く癖《へき》がやつにはあってな。あの日は吾妻《あずま》橋《ばし》から右岸を下流に向けてぶらつきおって、たまたまあの看板を見付けたということだ。多少は将棋の心得があるらしいので、気になって覗《のぞ》いたのであろうよ」

いくらか事情はわかってきたが、肝腎なところが不明なままであった。

「実は岡谷さまがてまえの顔をご覧になられて、ひどく驚かれたようですので、一体どういうことなのかと」

「やはり気付いておったか。やつは絶対に気取られてはおらぬはずだと、自信たっぷりに申しておったが」

甘く見られたものですね。てまえが「ブン廻し」の異名で知られていることを、ご存じでないから言えるのでしょうが。と言いたいところだが、秘《ひそ》かに鍛錬しているので異名が知られている道理がない。なにしろ本人しか知らないのだから。しかし「ブン廻し」の異名はなかなか味があるな、と信吾は思った。

いけない、つい脇道に逸《そ》れてしまう。

「秋月さまが本日お見えになられたのは、岡谷さまが驚かれたてまえの顔を、たしかめに見えられたということでございますね」

「さすが、二十歳の若さで相談屋のあるじを名乗るだけのことはある、と言いたいところだが、それくらいは幼児にもわかることだ」

秋月の態度と話し方が、微妙に変化したのに信吾は気付いていた。信吾に気を許したのか、この若造なら説得は難しくはあるまいと判断したからか。となると気を引き締めねばならない。

「しかし、この顔の件でとなりますと、慎重にならざるを得ません」

「当然だ。ゆえに話しに出向いた」

「そういたしますと、てまえの顔の件で相談に見えられた、と解釈してよろしゅうございますか」

秋月は立ち止まると、厳しい顔になって正面から信吾を見据えた。

「相談の代価のことであるな」

「さようで」

あとになって曖昧にされてはかなわないので、きっぱりと言った。秋月があれこれ面倒なことを言えば、受けなければいいだけのことだ。

「その若さで相談屋のあるじを名乗るだけのことはある」

「秋月さま、そのお言葉は二度目でございますよ」

「武士を相手にそのような口が利けるとは、なかなか度胸があるではないか」

「お武家さまはご主君とお家のために命を張るとのことですが、商人はお金に命を張ります」

「おもしろきやつよ。武家と商人、主君と金を同列に並べおって。これでは怒る訳にまいらんではないか」

「恐れ入ります」

「武家が商人に頼みごとをして、礼をせんければ恥である。ということで過分に礼を遣わす。実は手金《てきん》を用意しておるのだ。ゆえに相談に乗らんか。いや、そのまえに話だけでも聞いてもらいたい」

相談と決まれば話はべつで、手金というひと言が心地よく耳をくすぐった。

いつの間にか天王橋《てんのうばし》とも呼ばれる鳥越橋《とりごえばし》を渡っていて、前方に浅草橋とその向こうにえていた。鳥越橋を渡ると左手は蔵役人の屋敷だが、梯子《はしご》をいくつか掛けて高塀の屋根を葺き替えていた。浅草御門の屋根が見えている。

鳥越橋を渡ると左手は蔵役人の屋敷だが、梯子《はしご》をいくつか掛けて高塀の屋根を葺き替えていた。信吾と秋月はどちらからともなく塀から離れるようにして、街道の中央寄りに動いたが、間が悪いことに前方から、重そうな俵を山積みにした大八車がやって来た。

二人の男が後押ししていたが、梶棒《かじぼう》を牽《ひ》く男のほかに、太縄を肩に掛けた二人の男が足を踏ん張って牽いている。どの男も汗びっしょりであった。

止《や》むを得ず、信吾と秋月は高塀のほうへと寄らねばならなかった。

そのとき、「あッ」という甲高い悲鳴に近い叫びが起きたが、信吾が体を捻ると同時に、瓦が地面に落ちて砕け散った。

信吾の横に大小を差した武家がいたからだろう、塀の上にいた職人が真っ青な顔をし、鉢巻を取るなり「申し訳ございやせん。手を滑らせやして」と、ぺこぺこと頭をさげた。

「なんともなかったか」

秋月に訊かれて信吾はうなずいた。

「はい。着物をかすっただけですので」

「それにしても、あれを咄嗟《とっさ》によう躱せたものだ」

地上に飛び降りた職人が、土下座して頭を地面に擦りつけた。

「ど、どうかお許しを」

職人の仲間がバラバラと走り寄って、一斉に土下座した。

それを見て秋月が苦笑した。

「われらは怪我をせなんだが、道路に面した場での仕事だ。以後十分に注意するように」

「へ、へえ。許していただけますので。あ、ありがとうごぜえやす」

天王町の商家からは暖簾《のれん》を潜《くぐ》って人が飛び出して来るし、往来を往《ゆ》く者はだれもが立ち止まって二人を見ている。どうにも照れくさくて仕方がない。

黙って十歩ばかり歩いて、信吾は秋月に話し掛けた。

「もちろん聞かせていただきますが、浅草橋近く、柳橋《やなぎばし》辺りの船宿といたしましょうか。神田川や大川を往き来する船の櫓櫂《ろかい》の音で、話を聞かれることはありません」

信吾が動じることなく、瓦が落下する直前にしていた会話の続きを始めたので、秋月はさすがに驚いたようである。しかし平然と言った。

「よかろう」

話がまとまって、平右衛門町《へいえもんちょう》の船宿に部屋を取ることになった。

しばらくは黙って歩いたが、信吾はときおり秋月の視線を感じた。船宿が近くなると、秋月は歩みを緩め、そして言った。

「信吾、おぬし武芸の心得があろう」

ないと言えば却って疑われると思って、仕方なく認めた。

「ですが、いわゆる護身の術とやらを齧《かじ》っただけですので、とても武芸の心得があるなどとは」

「ふふふ、そうかな」

そんなことがあったが、やがて二人は船宿の二階にあがると、向きあって坐《すわ》った。

酒肴《しゅこう》が出されると秋月が話し始めたが、もはや武芸の心得のあるなしについては触れなかった。なぜならもっと重大な悩みを抱えていたからである。

「事が思いもかけぬ方向に動いて、それをなんとかせねばならぬゆえ、頭を痛めておるのだ」

問題の解決が困難であればあるだけ相談料が多くもらえるので、その点に関しては信吾としては歓迎であった。秋月はそれを打ち明けるために船宿に上がったのである。となれば急《せ》かさずに待つしかない。

「名を挙げることはできぬが、その人物を甲としておこう。あの日、藩邸にもどった岡谷が甲にそっくりな男を浅草で見付けたと、だれかれとなく打ち明けたのだが」

となると信吾は問題の人物ではなく、甲のそっくりさん、ということになる。それがわかっていくらか気が楽になった。

「それがどういう事情でかは知らんが、若殿の耳に入ってしもうたのだ」

若殿、のひと言で信吾の心の臓はドクリと音を立てた。若殿が絡むからこそ、秋月は頭を抱えているのである。

「若殿と申しても、いろいろな方がおられるようだが」

最後の「ようだが」で、信吾の心の臓はさらにおおきな音を立てた。

「と申されますと、普通の若殿ではございませんので」

「大名家の若殿の多くは、程度の差はあろうが概《おおむ》ね変わり者だ」

「秋月さまの若殿は、とりわけ変わってらっしゃるということでしょうか」

「やはり特別、と申してよいであろうな。類《たぐい》まれな悪戯《いたずら》好きであられる。わが若殿に匹敵するような悪戯好きは、聞いたことも書物で読んだこともない」

ドキンと来た。順に聞かされたのでなんとか堪《た》えられたが、類まれな悪戯好きが最初に来ていたら危ういところであった。

どうも厄介なことになりそうである。場合によっては受けなければよいと軽く考えていたが、聞くにつれて次第に断り難くなりそうだ。と言って、これで失礼しますと言える状況ではない。

なんでもなさそうに、さりげなく話に引きずりこんだ秋月は、相当な策士である。それを見抜けなかった自分は、とんでもなくお人好《ひとよ》しの間抜けということではないだろうか。

「若殿に呼ばれ、かようなおもしろきことを考えたのだがな、秋月、と言われたのだ」

「おもしろいとおっしゃいましたが、どのようにおもしろいことでございますか」

「そのようなことは関係ない。いや、関係ないことはないが、些細《ささい》な、取るに足らぬことなのだ」

「と申されますと」

「愉快な悪戯を思い付いたゆえ、速やかに実行に移すのだ、秋月。との命令に等しい」

秋月倫太郎は二十二歳だと言ったが、若殿から直接このようなことを命じられるとなると、果たしてどういう立場、役職なのであろうか。普通の若侍だろうと見ていたが、単なる若侍であるはずがない。

「秋月さまは若殿とは一体どのような」

「関係だと言うのか。おない年ということもあって、十名の学友の一人に選ばれた。児《こ》小姓《ごしょう》として仕え、側小姓《そばこしょう》となり、使番《つかいばん》となったが、わが家の代々から勘案して、中老、側用人《そばようにん》、家老などを勤めることになるのであろうな」

さあ、大変だ。

信吾は武家の役職について詳しくは知らないが、秋月家は藩主側近の重職を勤める家系ということではないか。秋月は次の藩主の若殿から、どうやら難問を課せられたらしい。それも若殿にとっては、悪戯を満足させるだけのことのようである。

なんとも馬鹿らしいかぎりだが、本人にとっては家の存続に関わることでもある。とても馬鹿らしいなどと言ってはいられないだろう。だから思い余って信吾に相談に来た、ということなのだ。

で、その悪戯とは、との信吾の思いが伝わったかのように、秋月が話し始めた。

「先ほど申した甲とおなじく、名前や立場を明らかにできぬ人物がおってな、これを乙と呼ぶことにしよう。すでに察しておるやもしれんが、甲と乙、そしてわが若殿。この三者は三つ巴《みどもえ》と言うか、三竦《さんすく》みと申すべきか、複雑極まりない関係にあり、これまでもたびたびこじれにこじれ、ちょっとしたことで力関係が変わるという、泥沼状態の死闘を繰り返して来たのだ」

聞けば聞くほど気が滅入《めい》る。

勘弁願いますと詫《わ》びて、信吾は逃げ帰りたかった。だが知らないうちはともかく、すべてではないとしても事情を打ち明けられた以上、それではすまないのはわかっている。黒船町の「よろず相談屋」と将棋会所「駒形」のあるじであることは、すでに知られているのだ。鎧甲冑《よろいかっちゅう》に身を固めた一団に押し掛けられたら、ひとたまりもない。

ま、いくらなんでもそれはないだろうが。

「若殿のお考えはこうだ」

そう言って秋月は言葉を切った。

おまえさんが策士だってことはわかっているから、もったいぶらずに喋《しゃべ》ってくれよ、と心の中で叫んだのが聞こえたらしい。

「甲にそっくりな信吾を使って、乙を徹底的に揶揄《やゆ》し、若殿は鬱積した溜飲《りゅういん》を一気にさげようというお考えなのだ。もちろん、ご本人が本心を明かされたことはないがな。みどもはそのように忖度《そんたく》した」

要するに若殿が、なにかと気に喰《く》わぬ男、おそらくどこかの藩の若殿だろうが、そいつをからかいたいということなのだ。

「で、礼金は弾むので協力せよ、とおっしゃるのですね」

「案外ものわかりがいいな」

「そのくらいは、幼児でなく、嬰児《えいじ》にだってわかりますよ」

「嬰児に、とはおおきく出たではないか」

嬰児は生まれたばかりの赤ん坊なので、いくらなんでもひどすぎると、信吾は自分の軽率さを後悔した。先に秋月に「それくらいは幼児にもわかることだ」と言われたので、つい弾みで言ってしまったのである。

そんな信吾を見て秋月はニヤリと笑った。

「その言葉、気に入ったぞ。であれば、その件に関しては後日連絡致す」

ホッとして思わず安堵《あんど》の溜息《ためいき》を吐《つ》いた。同時にこうも思った。もしかすると秋月は信吾との遣《や》り取りを一種の遊技と捉え、どこかで楽しんでいるのかもしれないぞ、と。

ともかくなにをどうするかの案は、信吾が受けてから考えることにしていたとのことだ。それはそうだろう。いくら良い案を練ったとしても、信吾が受けなければ徒労に終わってしまうのだから。

信吾になにをどうやってもらうかは、決まり次第連絡するとのことで、その日は引きあげることになった。

結局、信吾は受けざるを得なかった。いやそれは自分に対する言い訳で、なにかおもしろそうなことを体験できそうだと、内心ではかなり期待していたのである。それにインチキ賭け将棋から質屋の三男坊太三郎《たさぶろう》を救って以来の、よろず相談屋にとっては金になりそうな仕事であった。

「ところで信吾、そちの身の丈はいかほどであるか」

「五尺六寸（一七〇センチメートル弱）ですが」

「さようか」

そう言ったきり、秋月は黙ってしまった。まるでなにも言わないのである。だからと言ってどうというのではないが、どこかもどかしい。一部しか知らされていないというのはやはり不安である。

別れに際して信吾は秋月に包みを渡されたが、その重みに、思わず背筋が寒くなるのを覚えた。手付にしては多いのではないかと思ったからだ。

黒船町にもどってから確かめると、なんと十両もあった。これが多いか少ないかとなると、多い。いくらなんでも、手金としては多すぎる。席料の二十文と比較する訳ではないが、ともかくとんでもない額である。桁がちがうのだ。

ということは命に関わるほど危険な、あるいは達成が困難な仕事ということではないだろうか。

おもしろそうな体験ができそうだと、心の底で期待していた自分は、あまりにも甘すぎたということだ。

よろず相談屋の仕事はまだわずかしか手掛けていないし、金にならないほうが多かったが、武家の仕事を受けたのは初めてである。

若殿の溜飲をさげるためだけに、手付を十両も払うなどという馬鹿げたことが、あっていいのだろうか。それとも大名となると、商人にはとても考えられぬような金の使い方をするのだろうか。

聞き流した訳ではないが、三つ巴とか三竦み、泥沼状態の死闘、とも秋月は言っていたではないか。

おかしい。絶対に裏があるはずだ。

と言って、すでに手付を受け取った以上、やるしかないのである。

三

「許せよ」

岡谷が「駒形」に姿を見せたのは、秋月と平右衛門町の船宿で話した翌日の八ツ半（午後三時）すぎであった。

「これは岡谷さま。ようこそお越しくださいました。秋月さまのお話では、将棋が大層お強いとのことでございますね」

信吾の言葉に、将棋を指していた客たちが一斉に岡谷を見、相手が武士なのですぐに目を伏せた。

「俗に申すヘボ将棋よ」

「王より飛車《ひしゃ》を可愛《かわい》がり、の口でございますか」

「さよう」

「でしたら、てまえとおなじでございます」

「なにを申す。それで将棋会所のあるじが務まるものか」

「本日は」

そう言って、信吾は指す真似《まね》をした。

「そうではない。ちと訊きたいことがあってな」

言いながら岡谷は格子戸の外に出ると、柴折戸《しおりど》を押して庭に入った。

信吾は甚兵衛に目配せすると、下駄《げた》を履いて岡谷のあとに続いた。

「客が帰るのは何刻《なんどき》になる」

「夕方になって手許《てもと》が暗くなりましたら皆さま帰られますので、七ツ（四時）か七ツ半（五時）には」

「灯《あか》りを点《つ》けて指すことはないのか」

「特別な対局以外はありません」

「特別とは」

「大会などのおおきな対局でございますね」

「近く、その手の対局はあるのか」

「ございません」

開所して間もないので、「駒形」での大会は当分先のことだろう。

「奉公人は住みこみか」

「さようで。ですが、小僧が一人だけでございます」

「遅くまで起きておるのか」

「いえ、六ツ半（七時）、遅くとも五ツ（八時）には寝ております」

「明日の夜は、なにか予定は入っておるか」

「いえ、特に」

「では、六ツ半に迎えにまいるので支度して待っておれ。二刻（約四時間）ほど要するやもしれん」

信吾が受けてから案を練る、と秋月は言っていたが、それにしては早いなと思う。そうか、いくつかの腹案はすでに出ていて、信吾が受けた時点で具体的な細部を決めたのだろう。

「そうしますと、例の」

「おうよ」

岡谷が声を潜めたのは、前日とおなじく好天なので障子を開け放ってあるからだ。座敷の客に聞かれぬためだろう。

「秋月さまから聞いておろうが、甲の代役を演じてもらう。必要な物は当方で準備するので、そちはそのまま来ればよい」

言い捨てて去ろうとした岡谷を、信吾は呼び止めた。

「ほかになにかあるか」

「いえ、そのうち指しにいらしてくださいませんか」

「そうだな」

返辞とも言えぬつぶやきを残して、岡谷は帰って行った。秋月に較《くら》べると余裕もなければ、おもしろみもない、というのが信吾の印象であった。

客や小僧の常吉のことを聞いたのは、信吾を迎えに来たこと、秘かに連れ出すことを人に知られたくないからだろう。それはいいとして、六ツ半に迎えに来ると言ったが、どこへなにをしに行くのか。それに一体なんの準備をするというのか。

考えてはみたが、一向に見当が付かなかった。「まあいいか、どうせ明日になればわかるのだから」と、信吾は深く考えることなく座敷にもどった。

甚兵衛がどことなく聞きたそうな顔をしていたが、今の段階では特に話すほどのことはない。

そして翌日になった。

特に変わったこともなく、日が暮れ掛かって客たちが帰るころになると、三好町《みよしちょう》に住んでいる通い女中の峰《みね》が来て、食事の用意をしてくれた。と言って、味噌汁《みそしる》を作って干魚を炙《あぶ》り、漬物を出すくらいだ。飯は朝炊いてもらったのを、お茶漬けにするのである。

その程度なら、常吉がやればわざわざ峰に来てもらうこともないのだが、そんなことにさえこの小僧は気が廻らなかった。

そして食事が終わると、食器を洗い、厠で用を足してから横になるのだが、その日は一向にその気配がない。といって、なにをしているのでもなかった。

「常吉、算盤《そろばん》を持って来なさい」

「えッ、なぜですか」

「元気が余っているようだから、練習をしようと思う」

「だって、あれは終えましたよ」

「と言っても、なんとかできるというだけでないか。算盤なんぞというものは、絶えず触れていないと腕は落ちるし、まちがえることも多くなる」

「そうならないよう、昼間、目を閉じたまま、頭の中で玉を弾《はじ》いてますけど」

嘘《うそ》を吐きなさい、柱にもたれて居眠りしてるくせに、と口から出掛かるのをなんとか押さえこんだ。

それにしても、常吉が自分から積極的になにかに関心を持ち、自分から進んでやるようにさせたいのだが、いい方法はないものだろうか。そう思いはするのだが、これといって浮かばないのである。

遊びにならなら関心を示すかもしれないと思うが、常吉となにかをして遊ぶという気にはなれない。そんな暇があれば、部屋で本でも読みたいと思う。

昼間は思いがけないほど時間が自由になるときもあれば、指導や対局が続き、茶を飲むくらいしか間が取れないこともあった。まるで予定が立たないのである。

「いつもはしなければならないこともせずに寝てしまうのに、今日は一体どうしたというのだ」

「どうしたのでしょうね」

「眠くないのか」

「そうなんですよ。なぜかふしぎと眠くなくて」

「常吉が眠くないというのは、実に変だな。どこか体でも悪いのではないのか」

「いえ、そんなことはありませんけど」

「昼間、しょっちゅう居眠りしておるのが、よくないのかもしれん。居眠りをしすぎるので、夜になっても眠くないのだろう」

「居眠りなんて、してませんってば」

「仕事が忙しすぎて疲れる、という訳でもないしな」

常吉は客から席料を受け取ることと、茶を出すのがおもな仕事である。ほかには、莨《たばこ》を喫《す》う客に灰を被《かぶ》せた火種を入れて莨盆を出すこと、客の履物をそろえることくらいであった。

昼になると丼物や蕎麦《そば》、饂飩《うどん》などの店屋物を頼む客がいるので、このときばかりは常吉は張り切る。なぜなら、わずか一文だがお駄賃がもらえるからだ。

奉公人も小僧のうちは手当てが出ない。喰って寝ることは心配せずにすむし、お仕着せを与えられるが、手代になるまでは給銀がもらえないのである。

仕事の量を考えれば、疲れることはあり得ない。体が悪くなるはずがないので、それを問うのはきつい皮肉である。

「いや、自分でそう思っているだけで、どこか悪くしたにちがいない。あ、そうだ」

音高く、ぴしゃりと膝を叩くと、常吉がビクッとなった。

「取って置きのことを思い出した」

「取って置き、ですか」

「そうだ。取って置きだ。それまでとちがうようになった子供をなおす、元にもどすには、特別の方法があるのを思い出した。とてもよく効くそうだ」

「な、なんですか」

悪い予感がしたのだろう、常吉は顔を強張《こわば》らせた。

「灸《きゅう》だ。お灸だよ。あれは効くそうだな。試しにやってみよう」

信吾がそう言ったばかりなのに、常吉は鼾《いびき》を掻《か》き始めた。本人は真剣なのかもしれないが、ここまで露骨だと滑稽を通り越して哀れである。

大人たちとはそれなりに渡りあっているのに、常吉が相手だと、信吾はなぜか力が殺《そ》がれてしまうのであった。

「常吉」

呼んだが返辞はない。

「常吉」

聞こえないはずはないのである。

「おい、常吉」

かなり強く言うと、小僧は長の眠りから覚めた人のようなトロンとした目をして言った。

「あ、旦那さま。どうなさいました」

よくも惚《とぼ》けられるものである。狸寝入《たぬきねい》りをしていたのに、「どうなさいました」はないだろう。

「もう横になりなさい」

「眠くありません」

「嘘を吐くものではありません。居眠りを、それもつい今しがたしていたくせに」

「え、あたしが居眠りをですか」

「そうだ」

「それで疲れも眠気も取れたのですね、きっと。だから眠くないのです。だれがなんと言っても、眠くなんかありません」

「だれもなにも言いませんよ。いいからもう寝なさい」

「なんか変ですよ」

「なにを言いたいのだね」

「そんなに寝ろ寝ろと言うのは、眠くないのに眠れと言うのは、あたしが起きていると都合の悪いことがあるからでしょう」

信吾はまじまじと常吉を見た。

秋月や岡谷絡みのことで六ツ半に迎えが来るということを、なんらかの方法で知ったのだろうか。

もしかすると、生き物にも似た子供の勘というやつかもしれない。秋月たちの言うままに従うとよくないことが、危険が待ち受けているとでもいうのだろうか。いわゆる「虫の知らせ」とも考えられる。

しかしそうであれば猫の黒兵衛《くろべえ》や、この辺りを縄張りにしている野良犬たちが教えてくれるはずである。今まではそうだった。だからこれからもかならず、とは断言できないのだが。

「どうやら図星のようですね。だれか来るのですか」

いつもなら信吾がなにか言えば「へーい」で終わるのに、どうも変である。それに妙な絡み方をして、しかも執拗《しつよう》であった。

もしかすると、生来《しょうらい》このような性格だったのだろうか。なにかがきっかけとなって、眠っていたそれが急に出て来たのかもしれない。

常吉は居眠りしていることが多いが、毎日のように「駒形」の客たちの遣り取りを耳にしていて、いつの間にか身に付いてしまったとも考えられる。

客たちは将棋を指しながら他愛《たわい》ないことを口にする。酔っ払いのようにくどくどと相手に絡んだり、愚痴ったりすることも多い。意味がないことや、意味の通じないことを繰り返したりもする。相手の言うことに、いちいち諺《ことわざ》で答える客もいた。

しかも初老や老人という、人生を半ば以上終えて、仕事からは外れたか外されてしまった者、家族から敬遠されているような人も多い。

そういう連中の、あまり意味のないつぶやきに近い会話を、起きていても居眠りしていても絶えず耳にしているのである。いい影響がないどころか、十二、三歳の子供にはかなり悪いと言っていいのではないだろうか。

「だれか来るのでしょう」

信吾がぼんやりと考えながら黙ったままだったので、常吉がふたたび訊いてきた。

「どうしてそう思うのだね」

「なんとなくです。女の人でしょ」

「女の人？」

「お客さんが噂《うわさ》してましたよ。信吾さんにはいい女がいて、だから老舗の宮戸屋をおん出て、将棋会所とよろず相談屋を始めたにちがいないって。夜になれば女の人が忍んで来るはずだ、常吉は知ってるだろうって」

「それで寝ようとしないのだな」

「とんでもないです。あたしがそんな人間に見えますか」

「見えるから言ったのだ。奉公人なら、主人がよくない噂を立てられていたら、そんなことは絶対にありませんと打ち消すのが当たりまえだろう。それなのに」

いつになくきつい言い方をしながら信吾が立ちあがったので、折檻《せっかん》されるとでも思ったのか、常吉は思わず身を退《ひ》いた。

「常吉」

実は急に、我慢できぬほどの尿意を覚えたのである。

「は、はい」

「おまえは小僧だが、わたしはなんだ」

「旦那さまです」

顔を引きつらせて常吉は答えた。

「厠に行って来る。まだ話はすんでいないから、待ってなさい」

信吾は下駄を突っ掛けると、急ぎ足で勝手口から出た。この家は厠が母屋から少し離れて建てられていた。

着物のまえを捲《まく》ると、信吾は小便壺《しょうべんつぼ》に向けて長々と放尿した。

「ふん、旦那さまか」

咄嗟のときにもまちがわなかったな。

この家に移ってしばらく、いや、つい最近まで、常吉は信吾をどう呼んでいいのかわからず、混乱していたのである。なぜなら人によって呼び方がちがうのに、どう呼ばれてもそれに信吾が返辞するからであった。

まず宮戸屋関係では、父の正右衛門《しょうえもん》、母の繁《しげ》、祖母の咲江《さきえ》は「信吾」あるいは「おまえ」、弟の正吾《しょうご》は「信吾兄さん」、奉公人の多くは「信吾さん」だが、長く勤めている者の中には、以前と変わらず「若旦那」と呼ぶ者もいた。炊事、洗濯、掃除をしてくれる、通い女中の峰は「信吾さん」であった。

ときおり顔を見せる幼馴染《おさななじみ》や手習所《てならいじょ》時代の仲間は「信吾」と「信ちゃん」、親友は「キューちゃん」か「キュー公」。これは信吾を「シンゴ」「シノゴ」と見て、「四ノ五」は足せば九なのでこの呼称になった。

呼び方が一番多彩なのは「駒形」の客たちである。「席亭」「席亭さん」「あるじ」「あるじさん」「旦那」「若旦那」「大将」「若大将」、もちろん「信吾さん」「信さん」「信ちゃん」のほかに「信吾」と呼び捨てにする客もある。

常吉が混乱してさまざまな呼び方をしても、信吾が注意しないので、それを知った祖母の咲江が激怒した。それればかりか、二人とも大女将《おおおかみ》咲江のまえに坐らされて、大目玉を喰らったのである。

「常吉、おまえは奉公人で、信吾はおまえにとっては旦那さまですよ。聞いていたら、常吉は旦那さまに対していろんな呼び方をしてますね。人が見たらどう思います。あそこはちゃんとした躾《しつけ》ができていないと、信吾だけでなく、宮戸屋の者までが周りから笑われ、馬鹿にされるのです。信吾も黙っていてはだめじゃないか。今度こんなことがあったら、タダでは置きませんよ」

そこまで言われても常吉はまちがえ、繰り返し叱られていたが、ここに来てようやく信吾を「旦那さま」と呼べるようになったのである。

すっきりした気分で信吾が戻ると、常吉の姿が見えない。

まさかと思って三畳間を覗くと、すやすやと寝息が聞こえる。しばらく耳を澄ませて聞いていたが、どうやら狸寝入りではなさそうだ。

叩き起こして説教を続けようかとも思ったが、安らかな寝息を聞いていると、その気も失せてしまった。

肩透かしを喰らった感じである。

四

身支度をすませた信吾は、懐に鎖双棍を忍ばせた。棒の長さにあわせて鎖を折り畳み、糸で巻いて一重縛りにした。こうしておけば懐に入れても音がせず、取り出すと同時に使用できる。

約束の時刻に岡谷がやって来た。常吉は眠っているはずだが、極力音を立てぬように留意した。岡谷とも目顔でやりあうだけでひと言も発しない。格子戸を閉めると、信吾は鍵を使わずに、開けられぬための特殊な処理をした。

門を出て左に向かえばその先は日光街道で、右に行くと大川に突き当たる。岡谷は右に道を取った。川に沿って少し上流に行けば駒形堂があるが、その近くに町駕籠《まちかご》が止めてあり、舁《か》き手が石に腰掛けていた。

二人に気付いた駕籠舁きが立ちあがり、頭をさげた。岡谷が無言のまま信吾に駕籠に乗るように促し、坐ると懐から幅広の紐を出して渡した。目隠しをしろとのことなので、すなおに従った。秋月と話したとき、このくらいのことはあるだろうと予測していたのである。

信吾が目隠しをしたのを岡谷が確認して相図したのだろう、駕籠は浮きあがったが進もうとしない。なんとその場でグルグルと何度も廻り、それから出発したのである。

どちらに進むかわからなくしたつもりだろうが、信吾の耳は右手に、吉原へ通う客が山谷堀を目指して船頭を急かせているのだろう、猪牙舟《ちょきぶね》らしい櫓《ろ》の軋《きし》む音を聞いていた。上流に向かっているのだ。

しばらく行くと駕籠は左に折れ、その後は何度か右へ左へと曲がったが、信吾はどこを進んでいるか見当を付けていた。

ところがある角で右に曲がると、次も右へ、その次も右、さらに右へ、となると最初の角にもどったことになる。しかも右へ、右へ、それからしばらく行って、ちがう場所で右へ右へをもう一度繰り返した。こうなると、さすがにわからない。行く先を知られたくないのはわからぬでもないが、なんとも慎重なことである。

信吾は懐に右手を入れて鎖双棍の棒に触れたが、それだけで緊張がほぐれ気持が落ち着いた。

こうなったら、どこへなりと連れて行ってもらいましょうと、半ば居直ったのである。案外と「よろず相談屋」に近いのかもしれない。だからこんな細工を施すのだ、とそんな気もした。

駕籠が地面に降ろされたので、外に出た信吾が目隠しを外そうとすると、「しばしそのまま」と岡谷が低くささやいた。「駒形」に来てから到着するまでに発したのは、そのひと声のみである。

岡谷が舁き賃を渡し、駕籠舁きが頭をさげたらしいのが気配で感じられた。やがて駕籠は遠ざかって行った。

右腕の肘の辺りを岡谷が軽く摑んだので、導かれるままに従う。低い開閉音がしたのは耳門《くぐり》を開けたからだろう。藩邸の門であればギギーと重く軋むはずであった。いやこの時刻に大門を開けるはずはない。二人が入ったのは裏門かもしれなかった。

正門にしろ裏門にしろ門番がいるはずだが、ひと言の遣り取りもなかった。あらかじめ含ませておいたのだろう。

砂利を踏んでしばらく歩き、やがて岡谷が立ち止まったので信吾も歩みを止めた。

「外してよいぞ」

言われたままに目隠しを取って、岡谷に渡した。建物の出入口であった。戸を引くと、障子を通しての灯《あか》りで薄暗い廊下がぼんやりと見えた。

長い廊下を何度も折れ曲がると、岡谷はある部屋のまえで立ち止まった。

「もどりました」

「入れ」

秋月の声である。入ると、坐るようにうながされた。

主君の名を明かせぬので屋敷に来てもらう訳にいかないと秋月は言ったが、結局はあれこれ考え藩邸にしたのだろう。そのための駕籠や目隠しだったのだ。上屋敷ではないだろうが、中屋敷か下屋敷かはわからない。

「ご足労である」

書見台をまえに坐《ざ》していた秋月は、信吾と岡谷が坐るとすぐに用件を切り出した。

「今宵四ツ（十時）より、某所にて百物語の会が催される。百物語に関しては存じておろうな」

「はい」

数人から十人ほどでおこなう怪談会で、武家の胆試《きもだめ》しに始まったともされている。場所は鉤型《かぎがた》になった三間続きの部屋が望ましいとのことだ。参加者が集まる部屋も次の間も無灯で、一番奥まった部屋に百本の灯心を備えた行灯《あんどん》と、文机の上に鏡を置く。語り終えた話し手は、手探りで隣室を抜けて行灯のある部屋に行く。灯心を一本抜いて消し、鏡で自分の顔を見てから、元の部屋にもどる。話が進むにつれて暗くなり、百話を語り終えて最後の灯心が引き抜かれ真の闇となると、本物の物《もの》の怪《け》が現れるというものだ。

のちになると一部屋で、灯心でなく蠟燭《ろうそく》を用いた。部屋の中央で百本を灯《とも》し、語り終えるたびに消してゆく。次第に暗くなり百本目が消されると、との簡略なやり方もある。これでも相当に怖い。

「信吾には先日話した甲の身代わりとなってその会に出、怪談を語ってもらう。こういう筋だ。ありふれた物語ゆえ、一読すれば憶《おぼ》えられるだろう」

秋月は書見台の端に置いてあった、折り畳んだ紙を信吾に渡すとこう言った。

「これを憶えられるか」

目を通す。こんな粗筋であった。


ある若い武家が行儀見習いの名目で奉公する下女を、騙《だま》して散々弄ぶ。ちょうど嫁取りの話が進んでいるが、相手は格を鼻に掛けた権高《けんだか》い、しかもひどい醜女《しこめ》。おまえには取り敢えず側女《そばめ》になってもらうが、折を見て本妻に直すと嘘を吐いたのだ。

やがて下女は懐妊し、それを知った当の武家は狂喜する。というのは見せかけだけで、頭を抱えてしまった。なぜなら妻となる女は、醜女どころか稀《まれ》に見る美女で、しかも和歌だけでなく女ながら漢詩も作り、琴や三絃《さんげん》の腕も玄人《くろうと》はだしという才女。

目のまえに婚儀を控えた武家は困り果て、向島《むこうじま》の使わなくなった商家の寮を借り、世話する女一人を付けて追い払ってしまう。もちろん武家は下女に見向きもしない。

事情を知っている世話女が、今はなにかとあわただしいので来られないけれど、赤さんが生まれたら必ず顔見たさに通われますよ。ですから元気な赤さんを産むことだけを考えましょう、などと慰める。

そして下女は玉のような男児を無事出産し、世話女が屋敷に報《しら》せる。だが音沙汰ない。世話女はなにかと理由を付けては慰めるのだが、風の便りで下女は本妻が懐妊したと知る。しかも、武家は稀に見る醜女だと言ったが、実際はその逆だとわかってしまう。下女は気が触れ、武家に対する恨みの言葉を叫び、赤子を抱いたまま井戸に身を投げて死んでしまった。

十月十日の日が満ちて、本妻は男児を出産する。そして皮肉なことに下女の世話係だった女が、その嬰児の乳母となったのだ。

ここからが怪談となる。

男児は元気に育つが、それに反比例するように乳母が元気をなくしてゆく。どうもようすがおかしいと、武家が乳母を問い詰めた。ところがなんとしても話したくないと、乳母は拒み続ける。であれば解雇《くび》にするぞと脅され、ついに打ち明けた。

育つにつれて、男児が下女の子供に似るようになり、今では瓜二つどころか下女の子としか思えないと言うのである。

それを聞いた武家は激怒し、迫られて仕方なく打ち明けた乳母を、約束を反故《ほご》にして解雇してしまう。涙ながらに屋敷を去り際、乳母は仲の良かった奉公女にすべてを話す。下女が井戸に身を投げるに至った経緯《いきさつ》と、直前に残した武家に対する恨みの言葉を、である。そして乳母は去った。

ある夜中、寝苦しさに目を醒《さ》ました武家はか細い声を聞く。有明行燈のほの暗い灯りが届く所に女が坐っていて、抱いた子供をあやしているのだ。まさかと思って隣の蒲団《ふとん》を見ると、妻は寝ている。

ギョッとなって見直すと、子を抱いているのは下女であった。しかも子供は武家の跡取り息子である。そして下女は繰り返すのであった。

「わたしの赤さん。可愛《かわい》い可愛い、わたしの赤さん。愛《いと》しい愛しい、わたしの赤さん」

「おのれ妖怪」

這うようにして刀架けの大刀を摑んだ武家が、そちらを見たときには下女の姿はなかった。汗びっしょりになった武家は、しばし呆然《ぼうぜん》としていた。

「なんだ、あれは。幻か。それとも夢だったのか」

訳のわからぬままに横臥《おうが》する。

ところがそれからというもの毎夜、丑三《うしみ》ツ刻《どき》になると、武家は下女が赤子をあやす声で目を醒ますのであった。それが連夜のため、武家は次第に自身を制御できなくなり、才色兼備の妻を不安がらせることになる。

そしてある夜、下女のあやす言葉が変わったのに気付く。

「わたしの赤さん。可愛い可愛い、わたしの赤さん。愛しい愛しい、わたしの幸吉《こうきち》」

武家はゾッとなって、まさに背筋が凍る思いがした。下女が出産してほどなく、世話女がお名前をいただきたいそうでございますと言って来た。だが武家は何度もそれを無視したのである。するとほどなく「お名前が決まったそうでございます」と言って、世話女は一枚の紙片を置いていった。世話女が去ったあとで見ると命名札で、「命名　幸吉」と書かれていた。

下女は「幸吉、幸吉」と名を繰り返しながら、子供をあやしている。不意に下女が体を捩じって、胸に抱いた赤子を武家に見せた。

「おのれ妖怪」

刀架けに走り寄った武家は、大刀を掴んで引き抜くと下女と幸吉を一刀のもとに斬り捨てた。

ところが下女が見せたのは武家の妻が生んだ、跡取り息子だったのだ。

「ギャー」と絶叫して下女は、幸吉を抱いたまま袈裟《けさ》懸《が》けに斬り殺された。

何事かと家来たちが駆け付けると、血刀を握ったまま、呆然として主人が突っ立っていた。そして朱《あけ》に染まって倒れていたのは、下女と幸吉ではなくて、妻女と跡取り息子であった。

「どうだ、信吾」

「憶えました」

信吾はときおり仲間と講釈を聴きに出掛けるので、怪談の作り方、筋の運びなどは大体わかっている。秋月に渡された物語は、ありふれた構成ではあるが、うまく創《つく》ってあるので印象が強く、すんなりと頭に入っていた。

「頼もしきやつ。では、語ってみよ。百物語の会でやるように」

これも相談料の一部だと思うと遣《や》り甲斐《がい》がある。信吾は情景や心理の描写を交えつつ、話の流れに緩急の変化をつけながら、粗筋に肉付けをしてたっぷりと語った。

「うーむ。大したものであるな」

信吾が語り終えるなり、秋月と岡谷は顔を見あわせ、唸《うな》り声を発した。

「よし。ではそこに出る人物の名を、頭に叩きこんでおけ。絶対にまちがえるなよ。人の名をまちがえては、若殿の企《たくら》み、ではなかった、お考えが活《い》きぬでな」

「このお武家が、先日秋月さまがお話しなさった乙さまでございますね。ほかの人物も実際の名にごく近く、聞けばたちまちだれを指しているか、わかるようになっているのでございましょう」

「さすが、なんでも相談屋だな。大石内蔵助《おおいしくらのすけ》を大星由良之助《おおぼしゆらのすけ》としたのとおなじ原理だ」

「そうしますと、残念ではありますが、うまく運ぶことはできませんね」

「なぜであるか」

「親しくはあっても確執のある乙さまが会に出られますと、わたしが代役を務める甲さまが贋者《にせもの》であることは、第一声で発覚いたします」

「もっともだ」

「顔が極めて類似しておりましても、声はごまかしが利きません。声の質はだれもが独特でございますからね。声色《こわいろ》芸人がもてはやされるのは、本人とそっくりな声が出せるからでございます」

「まさにそのとおり」

「さらにおおきな相違がございます」

「髷《まげ》であるな」

「やはり、おわかりでしたか」

「髷の形に頭髪の量、まるでちごうておる。髪結《かみゆい》にやらせても、ごまかしには限度がある。いかに夜間とは言え、見破られてしまうであろう」

「そういたしますと、てまえに甲さまの代役は務まりかねます」

「そのために、これを用意した」と、秋月は懐から布を取り出した。「山岡頭巾《やまおかずきん》だ。袖頭巾とも言う。目と鼻だけを出すようになっておる。口を被《おお》うのでくぐもった声になり、本人と多少ちごうておってもわかりはせん」

「百物語の会は、屋外ではなく室内にておこなわれるのでしょう。作法として頭巾は脱がねばなりません」

「よく細かなことにまで気が廻るな。さすが、よろず相談屋だ」

「秋月さま。失礼ながら」

「ふふふ、本題を外れたか。頭巾についてなら安心いたせ。此度《こたび》の百物語の会は特別でな。身分の高いお方も出られるゆえ、顔を隠したままでよいことになっておる。頭巾に被り物、笠《かさ》も自由。まさか深編笠や虚無僧《こむそう》笠で来る者はおるまいが。宗十郎《そうじゆうろう》頭巾、丸頭巾、角頭巾、奇特《きどく》頭巾、それに山岡頭巾だな。女性《によしよう》も出るとのことなので、御高祖《おこそ》頭巾なども登場するかもしれん。と言うことで信吾」

「はい」

「これで逃げ場がのうなったのう。諦めるしかなかろう」

「秋月さまは策士だと感心しておりましたが、いやはや蟻地獄《ありじごく》でございますね。一度砂に脚を取られると、逃れようがありません」

「岡谷」

「は、はい」

不意に名を呼ばれ、岡谷が緊張するのがわかった。

「矢立《やたて》はもっておるか」

「はい」

「忘れぬうちに蟻地獄と書いておけ。信吾がわしにふさわしい渾名《あだな》を、思い付いてくれたわ。蟻地獄か、まさにわしそのものではないか。な、そうであろう」

迂闊《うかつ》に同意できないので、岡谷は腰帯に差した矢立を抜き、懐から手控えを出して、記録することに熱中していた。あるいはその振りをしている。

それを見て秋月が含み笑いをした。

「そこに着る物を用意してある」と言って、秋月は乱れ箱を顎で示した。「着てみろ」

畳まれているのを見ただけでも、上等な生地だとわかる。黄と白が主で朱が程よく配され、色鮮やかで艶があり、触れると生地の上を指が流れるかと思うほどに滑らかだ。

着終わった信吾を見て、秋月が感心したように言った。

「ぴったりだな」

書き終えた岡谷が、手控えを懐に入れながらうなずいた。

「はい。まるで誂《あつら》えたようでございます」

「五尺六寸だ」

それでこのまえ信吾の背丈を訊いたのか。そして甲さんとやらの着物を用意したという訳だ。まさに蟻地獄と呼ぶしかないな、と胸の裡で毒づいた。しかし秋月のことだ、信吾の思いなどはとっくに気付いていることだろう。

「信吾にすれば赤子の手を捻るようなものだろうが、実はもう一点あってな」

「こういうふうに、あとになってからさりげなく出て来るのが、一番の難問ということが多いのですが」

「先ほどの百物語の会で語る話だがな、題がなければならんのだ」

「これも相談料の中に」

などと言いながら信吾は素早く頭を巡らせたが、案はすぐに出た。

「わたしの赤さん、です。題はこれしか考えられません」

「して、その理由は」

「下女にとって幸吉と名付けられた子供は、本来なら奉公先のお武家と下女、二人の子供でございます。ですがお武家の手酷《てひど》い仕打ちを受け、下女は子供を抱いて入水《じゅすい》します。愛しくてならぬと子を思う母の心、そして裏切った男に対する拭うことのできぬ恨み。この双方がわたしの赤さん、という題に凝集していないでしょうか」

「うむ。もしかすると、一等賞が取れるかもしれんな」

秋月はまんざら世辞でもなさそうに言った。

「どういうことでございますか」

「百物語の会が終われば酒宴となる。その折、全員の投票でもっとも優秀な怪談を選ぶのだ。かなりの賞金だとのことだったが。もし取れたら賞金は信吾にやろう」

「しかし身分のある方とか、高名な方もお集まりなんでしょう。戯作者《げさくしゃ》とか狂言作者もお見えかもしれません。とてもてまえの話なんかが。それに話を作った本人ではないですから。語る役ですからね。賞金をいただく訳にはまいりませんよ」

「欲のない男だな。しかし話というものは、語り手の持ち味というものもおおきな意味を持つ。では半金でどうだ」

「いやですよ、秋月さま。まるで一等賞を取ったように思っておられる」

「獲《と》らぬ狸の皮算用であるな。では三分の一で手を打て」

「はいはい。蟻地獄さんには勝てません」

「そろそろ出ぬと、肝腎の百物語の会に間にあわんな」

「もう、みなさん準備を整えてらっしゃるのですか」

「行くのはわしと信吾の二人きりだ」

「どういうことでしょう」

「会が百物語ゆえ微行《びこう》、つまりおしのびとなる。甲さまの代役を務める信吾と、その供であるわし。主従二名のみということだな」

五

信吾と秋月が屋敷を出ようとすると、岡谷が「秋月さま」と声を掛けて、懐から幅広の紐を取り出した。秋月はそれを見て少し考え、そして言った。

「今宵の月明かりならなくてよかろう」

目隠しはしなくていいということだ。

方位とか屋敷の位置関係がよくわからないが、正門ではないとわかるものの、裏門か脇門のどちらかは判断できない。

この屋敷に入ってから、信吾は秋月と岡谷の二人にしか接していなかった。門まで見送りに来たのも岡谷だけである。

月が出ていたが、上弦まえなのでさほど明るいとは言えない。だが鎖双棍のブン廻しで、見る鍛錬を続けている信吾には、それでも十分な明るさであった。

ふしぎでならなかったのは、秋月には特に変化は見られなかったのに、岡谷が異常なほど緊張していたことである。

「成功とご無事を祈っております」

岡谷の言葉が、どこがとは言えないのだが奇異に感じられた。

成功というのは百物語の会で、信吾の語りが一等賞を取れますようにとのことだろうが、なぜ岡谷が二人の無事を祈らねばならぬのか。それとも秋月に対して言ったのだろうか。となると信吾はどうでもいいということだが、それもおかしな話である。

「うむ」と答えた秋月が、門から出ようとしながら信吾に言った。「夜分のことゆえ、目的地に着くまではよほどのことがないかぎり、黙しているとしよう」

目的地を教えられていないし、訊く訳にもいかないので信吾は秋月と並んで黙々と歩くだけであった。長い白塀が続く。大名の上、中、下屋敷、そして旗本の屋敷が集まっているということだ。

それにしても歩きにくく、しかも重い。

木刀の素振りは欠かさないものの、大小の刀を差して歩くのは初めてであった。重量の関係もあるだろうが、左腰にそして足に負担が掛かる。それも極端に掛かるため均衡が取れずに、体が左右に揺れがちになった。真《ま》っ直《す》ぐ歩こうとしても、思うようにならないのだ。

武士は子供のころから脇差を、それも次第に重い物に替え、体を慣らしてから二本を帯するからいい。突然そうしなければならない信吾のことなど、秋月はまるで考えていないのだろう。

こんな不自由な思いをしながら、どこまで歩かねばならないのか。

あッ、と声に出しそうになって、信吾はかろうじて呑《の》みこんだ。目的地どころか、百物語の会がどこで開催されるのかも知らないのである。

老舗の商家の離れとか寮なのか、大名家や大身旗本の屋敷の一室なのか、あるいは名の知られた料理屋かもしれない。

こういうことはもっと早く、なんらかの方法で知るように気を付けねばならないと信吾は思った。

よろず相談屋を続けていくなら、相手の細々とした問題にまで気を配して、核心となる部分に関してはちゃんと押さえておかなければ、とてもやっていけないな、と信吾はしきりと反省した。

大気の質が変わったように感じたが、いつしか二人は、寺とか神社のような樹木の多い地域に差し掛かったのだろう。わずかにだが清澄の気が増したようである。

ところが数歩進むと、その爽やかさに緊張が加わった。

二人は立ち止まったが、信吾のほうが一歩早かったようだ。秋月が横目で見たのは、それに気付いたからかもしれない。

月の光は巨木の樹冠《じゅかん》に遮られているが、その木下闇《このしたやみ》に三人の男が立っていた。

秋月がゆっくりと歩み始めたので、信吾もそれに従った。前方の三人も歩調をそろえて近付いて来る。

白鉢巻を締めて襷掛《たすきが》けをしているところを見ると、おそらくは信吾が化けているとは知らずに、甲を待ち伏せしていたということだ。

秋月がまえに出て左右の腕を拡《ひろ》げ、信吾を庇《かば》いながら言った。

「ここはわたくしめにお任せを」

信吾をあくまでも甲として扱っている。甲と乙、そして秋月の若殿の三人は、三つ巴となって争っていると言っていたが、すると相手は乙の手の者のようだ。

岡谷が異常なまでに緊張していたのは、このようなことがあるかもしれないと予測、いや甲が襲われることを知っていたからにちがいない。

「夏木《なつき》はわしが封じておくので、そのあいだに」

三人の中で一番体格がいい男がそう言った。

夏木だって？　秋月ではないのか？

信吾はさらに驚かされた。

「まんまと嵌《は》まりおったな。おまえがごとき浅知恵に誑《たぶら》かされるわしではない。先に空の駕籠を送り出し、供一人のみを連れて若殿が屋敷を抜け出すことは筒抜けよ」

すると信吾は甲ではなく、若殿の代役だったということになる。一体どうなっているのだ。さらなる驚きが信吾を襲った。

「これでおまえらの企みは明らかになり、如月千之丞《きさらぎせんのじょう》が首魁《しゅかい》だと判明した」

と秋月が、いや信吾がそう思いこんでいた夏木が言った。相当にこみ入っている。

如月と呼ばれた男がせせら笑った。

「それがどうした。二人は気の毒に辻斬《つじぎ》りに襲われて金品を奪われ、おそらく明朝早くに死骸で発見されることになるであろう」

鯉口《こいぐち》を切ると同時に三人が抜刀し、秋月も大刀を抜き放った。

ためらっている余裕はなかった。信吾は腰の大小を鞘《さや》のまま抜き取ると、少し離れた草の上に並べて置き、ようやくのこと身軽になれた。そして懐から鎖双棍を取り出すと、棒の部分を両手で握って、一気に左右に開いた。結んでおいた糸が弾け飛んだ。

信吾に向かおうとしていた二人は、その異様とも言える行動に困惑を隠せないようであった。当然だろう。若殿のはずだが、一体なにをするつもりだと混乱したはずだ。それでも態勢を立て直し、左右にわかれると正眼に構える。

鬱陶しい頭巾を脱ぎ捨てると、信吾は諸肌《もろはだ》を脱いだ。髷で甲ではなく町人だとわかってしまうが、そんなことをいっている場合ではない。甲であろうとなかろうと、どうせ相手は殺さずにおかないだろう。少しでも身軽になって、動きやすくしておかねばならぬ。

如月と秋月、いや夏木はすでに激しく切り結んでいる。だがそれを気にしている余裕などない。

左手を離して右手だけで棒を握ると、信吾は頭上で鎖双棍のブン廻しを始めた。ヒュンヒュンと鎖が空を切る。

二人が数歩さがった。

頭上で廻し、続いて体の前方で八の字に左右に振り分けた。さらには目にも止まらぬ速さで、左右に持ち替えて振り続けた。

若殿だと思っていたのに何者とも知れぬ風体《ふうてい》の男で、しかも見たこともない武器を手妻のように操るのである。なんとも不気味で、相手は切り掛かることなどできる訳がないのだ。

ここだと思ったので、ブン廻しを頭上に変えると声を張りあげた。

「辻斬りに襲われたが刀をへし折り、野犬の群に襲われたときには、五、六匹もの頭を打ち砕いた」とそこで切ると、二人を交互に見て信吾はニヤリと笑った。「地獄の土産に教えてやろう。この自在鎖《じざいぐさり》は、八術《やじゅつ》殺しとも八術伏せとも言われておる。剣術、槍《そう》術、薙刀《なぎなた》術、鎖鎌《くさりがま》術、十手《じって》術、手裏剣《しゅりけん》術、棒術、杖《じょう》術、その八つの術すべてを打ち負かす」

口から出まかせだが、すでに相手は及び腰になっている。ときどき仲間と顔を見あわせはしても、切りこめる訳がなかった。

そのとき「うぐッ」とくぐもった声がし、視野の片隅で切り結んでいた秋月、いや夏木と如月のどちらかが、大刀を落としたのがわかった。

あるいは、と思って目を向けると、如月が右手で左手首を押さえている。鮮血が溢《あふ》れ出ていた。

「傷付いた仲間をそのままにしておくのか。早く手当てしてやらねば、ひどいことになるぞ」

夏木が叱責するように鋭く声を発すると、信吾に向かっていた二人があわてて刀を鞘に納め、懐から手拭や懐紙を取り出して如月に駆け寄り、手当てを始めた。

信吾は鎖双棍を懐に仕舞った。

「秋月さん。いや夏木さんでしたか。てまえを騙していたのですね」

「敵を欺《あざむ》くにはまず味方から、と申す。許せ」

「すると、てまえは味方ですか」

「わかり切ったことを訊くな」

「とてもそうは思えません」

「さ、帰るぞ。肌脱ぎはまずいゆえ、直せ」

言うなり夏木は引き返そうとした。あわてて着物に腕を通して整え、帯を締め直す。それから置いてあった大小を手にした。

「帰るって。百物語の会に出なければならないじゃありませんか」

「そんなものは、ない」

「ないって、えッ、ないですって。そんな」

「ないものは、ない」

「ま、まさか！　一体どういうことですか。てまえが甲の、どうやら若殿のようですが、その代わりに語る怪談の粗筋を、見せられたじゃありませんか。しかも人物の名前を頭に叩きこんで、まちがえてはならんとまで申されました。会はないのになぜあんな手のこんだことを、手間暇掛けてやったのですか。しかも賞金が取れそうだ、とまで」

「そうでもせんけりゃ、信吾は味方してくれなんだであろうが」

「相談料をいただけるなら、なんだってしますよ。人殺し以外だったら、たいていのことは」

「相当にこみ入った、いや、複雑極まりない話ゆえ、話し終えると夜が明けただろうよ。そうなると、信吾はうんざりして受けまい」

「そんなことありませんって、相談料を」

「前金は払ったではないか。残金もまちがいなく渡す」

「今はその話をしているのではないのです。嘘で塗り固めるなんて、あまりにもひどいじゃありませんか。甲と乙、そして若殿が三つ巴の三竦み、が作り話なら、百物語の会も嘘だなんて。そのまえに、秋月さんではなくて夏木さんなんでしょ。名前にまで嘘を吐くなんてあんまりだ。すると岡谷さんも偽名ですか」

「当然、そういうことになる」

ここまで徹底されると、腹を立てる気にもなれなかった。

「信吾はわしを嘘吐きだと詰《なじ》るが、なにからなにまで嘘という訳ではないぞ」

「例えば」

「わしは二十二歳と申したはずだ」

「ええ、おっしゃいました」

「それは真《まこと》である」

「ちいさいです。ちいさいちいさい、あまりにもちいさい。比較にもなにもなりません」

「それより信吾、八術殺しはすごいな。武芸の心得があるとは睨《にら》んでおったが、わしの目に狂いはなかった。先ほどチラリと見ただけだが、自在鎖の扱いは堂に入っておったぞ。辻斬りの刀をへし折り、何頭もの犬の頭を打ち砕いたというのはすごい」

「口から出まかせです。見たことのない武器を、相手が不安がっていましたから、凄そうに見せて脅したのですよ。そうすれば簡単に切りこめないでしょ。それに自在鎖じゃありません。本当は鎖双棍と言います」

「なんだ嘘を吐いたのか」

しまったと思ったが後の祭りだ。

夏木はいかにも呆《あき》れ果てたというふうに、首を何度もおおきく横に振った。少々やりすぎである。

「嘘吐きの信吾が、わしを嘘吐きと詰ることはできまい。ん？　おなじ穴の貉《むじな》であるからな」

「てまえは両親《ふたおや》に、人がしてはならぬことの筆頭は嘘を吐くことだと言われ、それを守ってまいりました」

「鎖双棍を自在鎖と言ったくせに」

痛いところを衝《つ》かれ、言葉に詰まってしまった。

「本日は実に痛快であったな。では、ここで別れるとしよう。さらばじゃ」

「お待ちください」

「残金のことなら心配するな。後日かならず渡す。日時を報せるによって、取りにまいるがよい。藩邸に来てもらう訳にはいかんが、場所も教える」

「てまえは、お屋敷にもどって着替えませんことには」

「そちの着物は明日にでも届けさせ、今着ている物を受け取るように言っておくから心配するな」

「お待ちください」

「まだなにかあるのか」

「こんな派手な着物を着て町を歩けません」

黄と白に朱が配され、艶やかで、反射で輝くのではなく、生地そのものが光を発しているると思うほどきらびやかだ。

「夜である。暗い上に人通りも少ないゆえ、目立つほどのことはあるまい」

「刀は、大小の刀はお返しします」

秋月、いや夏木は頭の上で手をふらふらと振り、踵《きびす》を返すと足早に去った。信吾は見送るしかなかったのである。

六

翌日、「ちょっと思い付いたものだから」と言って、母の繁が八畳間の掛軸を取り換えに来た。ついでに信吾の居室である六畳間に姿を見せるなり、呆れたようにそう言ったのである。

「どうしたというの、この派手な着物は。しかも立派な刀まで」

衣紋掛《えもんか》けには夏木の若殿の物と思われる、ド派手としか言いようのない着物が吊《つ》るされていた。刀架けなどないので、大小は並べて横にしてある。なにがなんだかわからない昨日の騒動を考えると、どうしても断定できず、「思われる」としか言いようがない。

「茶番の素人芝居で使う貸衣裳《かしいしょう》と刀ですよ」

いけない。夏木のせいで、一番してはいけないことをしてしまった。親に嘘を吐いたのだ。

母は納得できないというふうに首を傾《かし》げた。

「変ねえ」

「なにからなにまで「なにがです」

「極上物ですよ。綸子《りんず》ね。繻子織《しゅすおり》だわ。生地も、織りも、仕立ても、なにからなにまで一級品。まるで、お大名の殿さまが召すような特別な着物ですよ」

「お金に困ったお殿さまが質に流して、それを貸衣裳屋が買い取りでもしたんじゃないですか」

「馬鹿おっしゃい」

繁はそう言ったが、それ以上は追及しなかった。ていねいに畳むと、「このままにはしとけないわね」とつぶやいた。繁は一度宮戸屋にもどり、ほどなく畳紙《たとうがみ》を持って来て包んでくれた。

なにか言われるかと思ったが、そのまま帰って行ったので信吾はホッとした。

午後になって八ツ(二時)の鐘が鳴ってほどなく、その男がやって来た。

「いらっしゃいませ。不躾《ぶしつけ》で失礼ですが、なにさまとお呼びすればよろしいのでしょうか」

信吾が皮肉な問いを発した相手は、前日まで岡谷と呼ばれていた男である。秋月と名乗った男が実は夏木とわかり、であれば岡谷もと問うと、やはり偽名だと言ったのだ。

「岡谷でもかまわぬが」

「ですが、本当は」

「谷岡《たにおか》だ」

「谷岡さまでございましたか」

蟻地獄の夏木め、手抜きしたな。本名を引っ繰り返しただけではないか。

「これを届けにまいった」

「ご多用のところ、ありがとうございます。少々お待ちいただけますか」

谷岡の差し出した風呂敷包みを受け取ると、信吾は六畳間の居室に移った。自分の着物を取り出すと、母が若殿の衣裳を包んだ畳紙を風呂敷で包み直した。

刀といっしょに谷岡に渡すと、相手は話があるらしく庭に出るようにうながした。柴折戸を押してあとに続く。

「信吾どののお蔭《かげ》で、もっともよい形で解決したゆえ若殿もご満悦、夏木さまもとてもお喜びだ」

信吾に「どの」が付いた。

「如月さまとおっしゃったお方の怪我の具合は」

「ただちに屋敷の者が駆け付けたが、三人とも腹を切ったあとであった」

「まさか」

「企みが暴かれた上に、手首の筋を切られてはそうするしかあるまい。あとの二人も生きてはおれん」

「一体、どのような事情があったのでございますか」

谷岡がためらったのは、部外の者にどこまで明かすべきかを考えたのだろう。

「信吾どのはよろず相談屋を営むほどだから、口は堅いであろうし、われらのために貢献してくれたので話すが、他言はならぬぞ」

「心得ております」

後嗣問題で藩は二つに割れていた。藩主には二人の子供がいて、一人は正室の子、もう一人は側室の子であった。

こじれの発端は、側室の子が先に生まれたことにある。

夏木や谷岡たちは「長幼の序」を盾に側室の子を推したが、如月の一派は血筋の良さを理由に正室の子を支持した。そして小競《こぜ》りあいが続いていたが、やがて夏木たちの動きが如月側に洩《も》れているらしいのがわかった。

折も折、谷岡が側室の子にそっくりな男を見付けたのである。それが信吾であった。

夏木は、屋敷にもどった谷岡がそのことをだれかれとなく喋ったと言ったが、そんなことがあろうはずがない。だからそれが若殿の耳に入ることも、ありはしない。

信吾が容姿だけでなく、身の丈までおなじだと知って、夏木たちは絶好の機会だと胸を躍らせた。

そこで少人数の同志で策を練り、味方の者たちに贋の情報を流すことにした。味方のうちの裏切り者か、如月が送りこんだ諜者《ちょうじゃ》がそれを伝えるはずだとの確信があったからである。

このような内容だ。

先に十数名の護衛の供侍に守られた駕籠が屋敷を出るが、それは囮《おとり》で人は乗っていない。

間を置いて頭巾で顔を隠した若殿が、供侍を一人だけ連れて屋敷を出る。目的地は某所だが、万が一、尾行されることを考え、複雑な経路を取ることにしている。

こう言っておけば如月の一派は、目的地の近くにて少人数で待ち伏せるにちがいないと読んだ。

「すると百物語の会のことは」

「そんな話はせぬよ。第一、催しはないのだからな。会があれば三々五々人が集まるはずだが、だれも来なければ相手側に不審に思われる」

「すると会のことは、てまえだけに」

「そういうことだな」

「先に空の駕籠を送り出し、と如月さまとやらが言った意味が、ようやく理解できました。昨夜はまるで訳がわかりませんでしたが」

要するに信吾は、藩内の勢力争いの解決のために、いいように利用されたのである。

なにもなかったからよかったが、場合によっては命を落としかねなかったのだ。

もっともそのようになるとすれば、なんらかの形で生き物が教えてくれるはずで、それはなかったのであるが。

「おっと、一番肝腎なことを伝えておらなんだ」と、谷岡は芝居掛かった言い方をした。

「此度の最大の功労者である信吾どのに、お礼の意味で一席設けさせてもらいたいとのことで、ご都合を伺ってまいれと言われておる。明日《みようにち》以降となると、いつがよいか」

「このような仕事をやっておりますので、いつでもよろしゅうございますが」

「相《あい》わかった。では、明日夕刻七ツ半（五時）に迎えにまいる」

谷岡はそう言って帰った。

相談料の残金については、ひと言も触れなかったな、と信吾は谷岡の帰ったあとで思ったのである。しかし手付として前金を十両も受け取った上に、まず通常では味わえぬ珍しい体験をさせてもらったのだから、後金が入らなくても良しとするか。がっかりしてはならないと、自分にそう言い聞かせた。

それにしても楽しかった。鎖双棍のことで法螺《ほら》を吹き、二人を翻弄したのは実に痛快であった。題は自分で付けはしたが、夏木に読まされた「わたしの赤さん」は、よく考えられた物語でおもしろかった。

それよりも、山岡頭巾を脱ぎ捨て、諸肌脱ぎになったときの二人の驚きようったらなかったな、などと次々と思い出される。信吾は自分でも気付かずに、にやにや笑いを浮かべていたかもしれなかった。

ふと視線を感じてそちらを向くと常吉がじっと見ていたので、信吾は不吉な思いにとらわれた。

常吉はこんな確信を抱いているにちがいない、という気がしたのである。自分が眠ったあとで女の人が忍んで来たにちがいない。だからうちの旦那さまは、あんなふやけた顔をしているのだ、と。

黒船町の「駒形」を出た谷岡は、日光街道に出ると右折して北に道を取った。どこへ連れて行かれるのだろうと信吾が思っていると、浅草広小路で左折して西に進む。まさかと思ったが、両親が営む会席、即席料理の宮戸屋が、一席設けるという料理屋であった。

これまで夏木や谷岡は主君の名や藩名をひた隠しにしてきたが、信吾が料理屋の倅《せがれ》となればなんの意味もなくなる。ということは、その事実を覚《さと》られてはならぬということである。

信吾の慰労の宴は二階でおこなわれるが、なんと若殿が見えるとのことであった。黒漆仕上げの乗物でやって来るが、護衛の藩士十数名は飲酒する訳にいかない。そのため一階にて食事のみとのこと。

若殿に対しては礼を失してはならぬ、と谷岡は強調した。顔を見ることなどもってのほかで、平伏して目のまえ三尺（約九〇センチメートル）くらいの畳に目をやっていること、親しく声を掛けられても顔を見てはならず、せいぜい胸の辺りに留めること。無礼講ゆえ朋輩《ほうばい》と語るように気楽に話してよいと言われても、調子に乗ってはいけないなどと、くどくどと注意された。

谷岡とともに見世《みせ》に入ると、両親が出てきて挨拶したが、信吾がいっしょなのでさすがに驚いたようである。しかし目顔で知らせたので事情を汲《く》んだらしく、さりげなく母の繁が二人を二階に案内した。

その間に父の正右衛門が奉公人たちに、信吾を宮戸屋とは無縁の者として扱うよう言い含めたことだろう。

ほどなく階下が騒々しくなり、階段を登って来る気配があった。「お見えでございます」との母の声とともに襖が開けられた。

平伏した信吾のまえを、若殿がゆっくりと歩いて行く。衣擦《きぬず》れと、足袋を履いた足が畳を移動する音がした。足音はどうやら二人である。

主賓は信吾のはずだが、招いたほうは無頓着に床の間を背に座を占めた。

「此度の最大の功労者、将棋会所『駒形』とよろず相談屋のあるじ信吾にございます」

夏木の声に続き、やや甲高い声が言った。

「苦しゅうない、面《おもて》をあげよ」

谷岡に言われていたので、信吾は若殿の胸の辺りに目を留めていた。

「それでは顔が見えぬ。許すによって、予に面を見せよ」

なおもそのままでいると、案外と短気なのか苛立《いらだ》ち気味の声が飛んだ。

「見せよと言うのになぜ見せぬ。遠慮することはないぞ」

「信吾、若殿がそうまでおっしゃってくださるのだから、遠慮は無礼ぞ」

夏木に言われて顔をあげた信吾は、「あッ」と思わず声をあげた。同時に相手もちいさな叫びをあげていた。

信吾は鏡を見ているのかと錯覚したが、相手もまったくおなじであったようだ。

「これは驚きである」

「ごもっともでございます。わたくしどもも、俗に腰が抜けるなどと申しますが、この者の顔を初めて見た折ほど、驚かされたことはありませんでした。この者がおりましたので、難問が快刀乱麻を断つごとく解決を見たのでございます」

「三名の者が自裁いたしたそうだな」

「わずかそれだけの犠牲で、事は大過なく収まりましてございます」

「今後のこともあるゆえ、事は穏便にすませたい。その者どもに合力した連中で高齢の者は、隠居させる程度に留《とど》めよ。ほかの者も左遷や役替えは極力避けるように」

「それがよろしいかと存じます。若殿の恩情に感銘して、以後、役務に努めるようになるはずでございますれば」

「相わかった。ところで此度の最大の功労者は、信吾と申すこの者とのことだが」

「功労者と申せば、信吾を見付けた谷岡もおおきく貢献いたしました」

「よし。では発端から聞かせてくれ」

そう言われ夏木は話し始めたが、都合の悪いことは省き、相手一派を策略に掛けたことなどは露骨にならぬよう、細心の注意を払ったようである。

若殿はあまり口を挟むことなく、ときおり夏木に確認し、信吾にも下問することがあったが、ほぼ聞き役に徹した。

夏木は筋道立てて話したので信吾にも流れはよく飲みこめたが、おやッと思ったのは鎖双棍に触れなかったことである。

そのため如月一派の三人に待ち伏せされたときのことは、二人が代役の信吾を襲うより早く、夏木が如月の手首を斬ったことで終わってしまった。「仲間を見捨てるのか」と夏木が叱ったので、二人があわてて手当てを始めたことになったのだ。

べつに自慢したい訳ではないが、どことなく物足りない。

もしかすると夏木は、鎖双棍が特殊な護身具で、しかも扱い方が変わっているため、若殿がそれを見たいと言い出すと思ったのかもしれなかった。もちろん鎖双棍を確認するだけでは満足できず、操作を見たいと言うはずだ。

となると「屋敷に参上して演じるように」となるのは、火を見るよりも明らかである。主君やお家のことを知られたくない、との思いが強い夏木にすれば、そこまで考えての配慮だったのだろう。

「なるほどそうであったか。信吾はまさに、最高の功労者と呼ぶにふさわしき働きをしたことになるな。予の立場は極めて不安定かつ微妙なものであったが、基盤を堅固なものとしてくれた。容貌が酷似しておるからというのではないが、とても他人とは思えぬ。正直に申すが予は兄弟に等しいと思うておるぞ」

「畏れ入ります」

「そうじゃ、信吾。そちを家臣として取り立ててやろう」

視野の片隅で夏木が狼狽《ろうばい》するのが見て取れた。当たりまえだろう。若殿と、若殿にそっくりな者がおなじ屋敷にいては、大混乱に陥るのは目に見えている。身装がちがっているので見わけは付くものの、家臣は心の休まる暇がない。

夏木は最初、若殿は類を見ぬ悪戯好きだと言った。実際にはそうでないとわかったが、万が一、二人が入れ替わる悪戯を思い付いたりしたら、家来は大恐慌に陥ってしまう。

「どうだ。よいと思わぬか」

夏木の返答より早く信吾が言った。

「ありがたきお言葉ではございますが、お受けする訳にはまいりません」

「なぜじゃ」

若殿はとても信じることはできぬ、と驚きを隠そうともしない。商人や職人、それに百姓などは、できることなら武士になりたくてたまらないと思っているはずだ、との考えに凝り固まっているのだろう。

「てまえは三歳の折に大病を患い、三日三晩というもの高熱に苦しめられました。幸い命は取り留めましたが、以後、たまにではありますが、完全に記憶が欠落することがございます。人に会ったり話したりしたことが、すっかり抜け落ちることがあるのです。ありがたいお言葉ではございますが、そのような体では、とてものこと御城勤めはできません」

「うーん、さようか。残念であるな」

「命が助かりましたのは神仏のご加護のお蔭と心得まして、世の困っている人たちの役に立ちたいものだと、よろず相談屋を始めたのでございます」

「よき心掛けである。予は信吾を兄弟に等しいと思うておるぞ」

「もったいないお言葉で畏れ入ります」

若殿は夏木に顎をしゃくった。

明らかに安堵の色を浮かべた夏木が、横に置いていた包みを解いた。そして切り餅を信吾のまえに並べた。四個である。ひと包み二十五両だから百両という大金であった。

「てまえはすでに、十両もいただいておりますが」

「あれは手付と申したであろう」と、夏木が言った。「これは残金じゃ。ありがたく受け取れ」

「それでも少ないと思うておるのだ」

大名にそう言われて従わぬ訳にはいかない。たしかに次の藩主の座がまちがいなくなったのだから、若殿にすれば少ない額だということだろう。

「それではありがたく頂戴いたします」

懐に入れたが、さすがにずっしりと重い。

若殿、夏木、谷岡、そして信吾が階下に降りると、すでに宮戸屋のまえには戸を開けた乗物が置かれていた。

長身で逞《たくま》しい陸尺《ろくしゃく》たちが担ぎ棒である長柄の横に並び、護衛の十数名が整列していた。

「此度はお役に立てて、本当によろしゅうございました」

信吾が深々とお辞儀をすると若殿が言った。

「おい、信吾」

「予とは兄弟も同然の仲ではないか。そのような他人行儀はなかろう」

にこりと笑った若殿が、信吾の肩をポンと叩いた。若殿が乗物に乗ると静かに戸が閉められ、行列は静々と進み始めた。

家族と奉公人の全員が見送りに出ていたが、驚くまいことか。当然だろう、大名の若殿から兄弟も同然と言われ、親しく肩を叩かれたのである。たちまち大騒動となった。

父の正右衛門が、両手をおおきくあげて全員を鎮めた。

「番頭さん」

「へ、へい」

「見世は番頭さんに任せますから、よろしく頼みますよ」

七

坪庭に面した奥の離れ座敷である。

まずは自分の心を鎮めなければならなかったからだろう、祖母が全員に茶を点《た》てた。離れ座敷に集まったのは、祖母の咲江、父の正右衛門、母の繁、信吾、そして弟正吾の家族五人である。

順番に飲んで、最後の正吾が飲み終えるまで、だれも口を開かなかった。なにが起きたかを、改めて思い返していたのかもしれない。

「信吾」と、やはりそれが役目だとでもいうふうに、家長の正右衛門が訊いた。「おまえは一体どういう経緯《いきさつ》で、お大名の相談相手なんぞになったのだね。いや、なったというか、ならざるを得なんだというか」

「お大名でも若殿さまでもなくて、その家来の方の相談でしたけどね。もっとも若殿さまにも関わることですが」

「顔よね。顔に決まってるわ」と我慢できなくなったらしく、咲江が口を挟んだ。「だってそっくりもなにも、まったく瓜二つなんだもの。お見世にお見えになられたとき、思わず声をあげそうになったわよ。着てる物がちがっているし、信吾は二階にいるのだから、別人なんだと自分に言い聞かせたけれど」

「それにしても似てましたね」

正吾がそう言うと、咲江はわが意を得たとばかりにうなずいた。

「あたしゃ本物の兄弟、いえ、双子かと思いましたよ」

それを聞いて信吾は、突然のごとく閃《ひらめ》いた。そうだ、こうなれば徹底的に話をややこしくしてやろう。そうすれば問題の核心に触れることなく、自分が問い詰められずにすむかもしれないぞ、と。

だから深刻でならぬという沈んだ顔を、父と母に向け、そして言った。

「もしかしたら、わたしは捨て子ではなかったですか」

まさかそんなことを信吾が言うとは、思いもしていなかったからだろう、だれもが戸惑い気味に顔を見あわせた。

「馬鹿なことを言うものではありません。信吾は母さんが腹を痛めた、正真正銘、あたしたちの子ですよ」

正右衛門が気の昂《たかぶ》りかけた繁を、目顔で鎮めてから信吾に訊いた。

「どうして、そういう突拍子もないことを訊くのだね」

「双子を産んだ女の人は、畜生腹《ちくしょうばら》だと冷たく見られると聞いた覚えがあります。ですからお武家では一人を残し、もう一人はどこかに預けて秘かに育てさせるとか、お寺に預けて坊さんにするとかするそうです。でもどうしようもない場合は、捨てるしかありません」

産着に包《くる》み、名前を書いた札と、家紋は入れないが銘のある守り刀、それに金子《きんす》を添えて捨てるとのことだ。運を天に任せて、小舟で流すこともあるらしい。

「わたしはピタリと当てはまるでしょう。若殿さまに顔がそっくり、瓜二つだと祖母《おばあ》さまもおっしゃいました。背丈もまったくおなじ五尺六寸です。大名家で畜生腹だとどちらかを捨てねばなりません。だからわたしは捨てられ、どういう事情でかは知りませんが、宮戸屋の長男として育てられたのです。ね、これほど条件にあう者は、江戸中探したっておりませんよ」

だれもが言葉を喪《うしな》ってしまった。信吾は追い討ちを掛けた。

「さっき若殿さまが、予とは兄弟も同然の仲ではないかとおっしゃったのを、お聞きでしょう。本当は、も同然の仲、ではなく、兄弟ではないか、と言いたかったのです。でも大勢がいる場ですから、立場上言う訳にはいきません」

「馬鹿なことをそれ以上続けると、承知しませんよ。本当になんてことを言うの」

初めて見る母の、心からの怒りが噴出した顔であった。

「すると父さんだ」

不意に顔を父に向けてじっと見詰めると、その顔から色がスーッと消えた。

「なにが言いたいのだね」と、正右衛門は苦笑した。「わたしが浮気をしたと言うのかね。冗談もほどほどになさい」

「だってわたしは、若殿さまにそっくりなんですよ」

「相手はお大名の奥方ですよ。しようたってできる訳がないでしょうが」

「あら、できるならしたのですか」

母がつい、というふうに口を滑らせた。

「なんてことを言うのです」

咲江が正右衛門と繁を睨み付けた。

少し迷走させすぎたかな、と信吾は複雑な気持になった。自分が追及されないようにと思ってのことだったのに、家族のあいだに波風を立ててしまったようだ。

繁が不意に思い出したように言った。

「するとあれは、やはり若殿さまのお着物だったのね」

それを聞いて正右衛門は顔を顰《しか》めた。

「それでは訳がわからないではないですか。ほかの者にもわかるように話さなければ。よくそれで料理屋の女将が務まりますね」

言われて繁は前日、信吾の部屋の衣紋掛けに随分と派手な着物が掛けられているので訊いたところ、茶番の素人芝居で使う貸衣裳だと言ったこと、ところが生地も、織りも、仕立ても一級品だったことを話した。

「あれは若殿さまのお着物だったのね。どうしてあれが信吾の部屋にあったかを、教えてちょうだい」

「それより信吾。一体どういう経緯で、お大名だか若殿さまだかの相談相手になったのかという問いに答えていませんよ」

「わたしは、よろず相談屋のあるじでございます」

「わかり切ったことを言うもんではありません。だから、それについて訊いてるのではないですか」、と父。

「相談屋にお見えの方は、どなたも悩みをお持ちです」

「だから見えるのですよ」と、これは母だ。

「人に知られては困ることですので、わたしはそれを洩らすことはできないのです、たとえ家族であろうと」

「当然だと思います。でもね、信吾。母さんは長年、宮戸屋の女将をやってきました。この仕事はどのようなお客さまがお見えで、いかなる話をされていても、たとえ天下国家を引っ繰り返す密談をしていたとしても、洩らしてはならないのです。だから当然、信吾の言うことはわかっていますよ。それに母さんの口の堅いのは、信吾だって知ってるでしょ」

「ええ、そりゃ」

「当然よね。宮戸屋を出て、将棋会所と相談屋を開いた信吾ですもの、わかってますよ。当たりまえでしょ。だからね、わかってますから、母さんにだけ教えて、そっと」

「ん、もう。野次馬なんだから」と、そこで信吾はまたしても閃きを覚えた。「今思ったんですけどね。庭の片隅にちいさいのでいいですが、祠《ほこら》を祀《まつ》りませんか」

まず正吾が訊いた。

「なにをお祀りするのですか」

「観音さまです」

祖母が関心ありそうな、なさそうな中途半端な訊き方をした。

「十一面観音とか千手《せんじゅ》観音とか、観音さまにもいろいろあるけれど、どのような観音さまなの」

「顔は人より生き物のほうがいいと思うんですがね。犬、猫、狸、鼠《ねずみ》、兎《うさぎ》、牛、猪《いのしし》、
いろいろ考えて、馬はどうだろうって」

祖母は意外に思ったようである。

「馬頭観音さまがありますけど、観音さまと言えば普通おだやかなお顔をなさってるの
に、馬頭観音さまは目尻を吊りあげ、牙を剝《む》いた怖いお顔ですよ」

「馬は馬ですけど。まるでちがう観音さまでしてね」

「なんとおっしゃるの」

訊かれて信吾はさらーッと答えた。

「野次馬観音さま」

「どんなご利益《りやく》があるんですか」

「正吾には縁がないな。この観音さまを拝んでると、野次馬根性が起こらなくなるのさ。

だから祖母さまと母さんに、毎朝拝んでもらおうと思ってね」

「いい加減になさい」

「実は見ていただきたいものがありまして」

憤慨する母を無視して、信吾は懐から切り餅を取り出して並べた。

「おッ」と、父。

「あらッ」と、母。

「まあ」と、祖母。

「えッ、これは」と、正吾。

惚《とぼ》け切った顔で言う。

「いやぁ、持ち慣れないから重くって」

「どういうことなのだ」

「相談屋として応じ、得た、正当な報酬ですけど」

「相手はお大名の若殿さま、信吾は二十歳の言わば若造だ。それが相談に乗って、それを解決して、しかも百両の大金をもらったと言うのか」

そのまえに十両の手付を受けているが、それは言わぬが花だろう。

黙ってじっと考えていた父が言った。

「なにか裏がありはしないか。大金すぎる」

「そう思われるのは当然ですが、相手はお大名の若殿さまです。いい加減なことに大金を払ったことがわかれば、とんでもない恥となります」

「どのような相談を受け、いかなる悩みを解決して得たのだ、これほどの大金を」

「それを言われますと、お客さまの秘密厳守が原則ということで、堂々巡りになってしまいます」

「今日は驚くことばかり」と言って、母は何度も首を横に振った。「呆れ、度肝を抜かれ、腹を立て、それらがみんな吹っ飛ぶくらい驚かされたわ、母さん」

「父さんも母さんも、息子がちゃんとした仕事をして正当な対価を得たと、どうしてそう考えてはいただけないのですか」

「それより」と、祖母の咲江が言った。「こういうことは、ふしぎと知られてしまうものなのよ。お大名なんて表と裏はまるでちがうから、どこだって悩みを抱えている。すると、どうなると思う」

「どうって」

「なに、八方塞がりで二進《にっち》も三進《さっち》もいかずに四苦八苦だと。であれば、よろず相談屋の信吾に頼め。まだ二十歳と若年だが、大した切れ者でな。わしなんぞわずか百両の端《はした》金《がね》で、悩みをすっかり解消してもろうたわ。さようか、ぜひとも紹介してもらえぬか。たやすきことよ。となるわね。次々とお大名から相談がある。それをテキパキと解決してあげると、ガッポガッポと相談料が入るでしょ」

「祖母さまったら、よくそんな気楽なことが言えますすね」

話せば心配するだろうから黙ってますが、武家なんてどんな汚い手を使うかわからないのですよ。平気で騙すし、都合が悪いことは隠し、調子の良いことを言ってその気にさせ、徹底的に利用するんですからね。今回だって鎖双棍を持っていなければ、危うく命を落とすところでした。まったく大名の言うことなんて聞いてられません。命あっての物種ですから。

「ところで父さん。そう声を大にして言いたいところだ。この百両を預かっていただきたいのですが。よろず相談屋には蔵がないので物騒ですから」

「それはかまわないが。なにか入用《いりよう》なことはないのか」

「将棋会所のほうで日銭が入りますから、特に困ることはありません」

「では預かろう」

そう言って、父の正右衛門は金を懐に離れ座敷を出た。

「なにも預けなくても、もっといい方法があるのにね」

「母さんのおっしゃりたいことはわかってますよ。これだけあるのだから、もっと良い家に移ってお嫁さんをもらいなさい、でしょ」

「わかっているなら話は早いわ。善は急げと言いますからね」

「よろず相談屋の見通しが立てば、それから考えますよ」

「だったら考えたり悩んだりすることはないでしょ」と、祖母が横から口を出した。

「お大名が次々と困っている仲間を紹介してくれて、ガッポガッポで笑いが止まらない」

「まったく、もう」

「でもね、信吾」と、今度は母だ。「のんびり構えていたら、あっと言う間に嫁の来手《きて》がなくなりますよ」

「わかってますけどね、あわてる乞食《こじき》はもらいが少ない、と言いますから」

「おまえは乞食ではありません」

母の言葉に祖母が被せる。

「それに信吾は意味を取りちがえています。本来の意味は、ひとよりも多くもらおうと思って、急いでもらいに行く乞食は、施す人からその欲深さを嫌われて、結局はもらい分が減ってしまうということですからね。まちがった使い方をすると、他人《ひと》さまに笑われますよ」

そこへ父がもどった。

「はい、これ」

言われて渡された紙片には、預り証と書かれている。本文は次のようになっていた。

黒船町　よろず相談屋内　信吾様
一金　壱百両

右　確かにお預かりいたしました
東仲町　宮戸屋正右衛門

日付が記され、判が捺《お》されていた。

「親子のあいだで、なにもこんなことまで」

「確かに親子ではあるが、そのまえにわたしたちは商人《あきんど》です。商人は何事もきちっとしなければならない。それが商人というものです」

信吾は受け取った預り証を、目のまえに掲げて一礼してから懐に収めた。

「ふと思ったのだがね」

そう言った父の声とようすがいつもとちがうので、信吾は思わず顔を見た。

「だから信吾は正吾に譲って、宮戸屋を出たのではないのか」

「と申されますと」

「自分はどうしても宮戸屋を継ぐ訳にいかない、と」

「だからその件は、大病を患って抜け落ちてしまうことがあるからだと、みんなが納得してのことではありませんか」

「それはわかっているが、大名家の双子の片割れで、この家にもらわれてきた。となれば実の子の正吾に譲るべきだ、と」

「父さん、気は確かですか」

「父親に向かって、なんて言い方をするのだね。いくら信吾と謂《い》えども」

「どうか落ち着いてくださいよ」

母が顔を蒼白《そうはく》にして訴えた。

もしかすると父は、百両を仕舞い、預り証を書きながら、そんなことをずっと考えていたのだろうか。そう言えば息がひどく速い。

大変なことになってしまった。信吾は深呼吸を何度か繰り返してから言った。

「わたしは今日、初めて若殿さまに会ったのですよ。そしてあまりにも自分にそっくりなので、とても驚かされました。ですが若殿さまは二十二歳、わたしは二十歳ですから双子である訳がないでしょう。父さんは若殿さまがお帰りのとき、予とは兄弟も同然の仲ではないか。そのような他人行儀はなかろう、そうおっしゃったので気が動顚《どうてん》されたのだと思います。心を鎮めて思い出してください。わたしが正吾に宮戸屋を譲りたいと言ったのは、半年もまえではありませんか。若殿さまがいることすら知らなかったのです。自分が双子の片割れだなんて、思ってもいませんでしたよ」

正右衛門は狐《きつね》に抓《つま》れたように、ポカンとしてしまった。

そして、一瞬にして我に返ったのがわかった。よほど照れ臭かったのだろう、掌《てのひら》で額をペタンと叩いた。

「大恩あるお方を、心の籠ったお礼の宴でおもてなししたいと言われていたが、やって来たのが信吾なのでまず驚かされた。そこへ信吾に似てるはおろか、瓜二つの若殿さまがお見えだ。しかもお帰りの節、兄弟も同然の仲だと申され、親し気に肩まで叩かれた。それればかりか、百両という相談料をいただいたと言う。一つだけでも驚きなのに、それが三つも四つも重なったのだ。変にもなろうさ」

「ああ、よかった」と、母が胸を撫《な》でおろした。「あたしてっきり、丸十《まるじゅう》のご隠居さんになってしまったのかと」

丸十の隠居は、薩摩《さつま》の出身なので屋号をそうしたとのことであった。この人、不惑と言われる四十歳で言動が怪しくなり、息子に見世を譲ったが、ほどなく痴呆《ちほう》となって徘《はい》徊《かい》を始めたのである。

正右衛門のあまりの混乱ぶりに、繁は夫が突然に壊れてしまったと思ったのだ。むりもない、信吾にちゃんとした百両の預り証を渡した直後だったのだから。

「なにはともあれ、これでよろず相談屋は安泰ね」

「気楽に言わないでくださいよ、祖母さま」

「だって若殿さまってことは、いずれは殿さまでしょ。そんな人が、兄弟も同然だと肩を叩いてくれたのだもの。あとはガッポガッポ」

「またそれだ」

家族五人は顔を見あわせて笑い、ようやくのことで普段の顔を取りもどしていた。嵐は去ったのだ。

それにしても楽しかったな、と信吾はしみじみと思った。あんな体験は、大金を積んでもできやしないだろう。あれほどのことができるなら、百両積んでも惜しくはないな。

待てよ。その思いがあるなら、あの百両はなくてもかまわないということではないか。よし、困った人たちのために使うとしよう。

若殿が大名仲間に声を掛けてくれたら、相談もあるだろう。そしたら受けよう。そうすればもっと、困った人たちの役に立つことができるのだから。

楽天的な信吾は、命あっての物種だからあんな相談には二度と応じたくない、と思っていたことなどすっかり忘れていた。

話して楽し

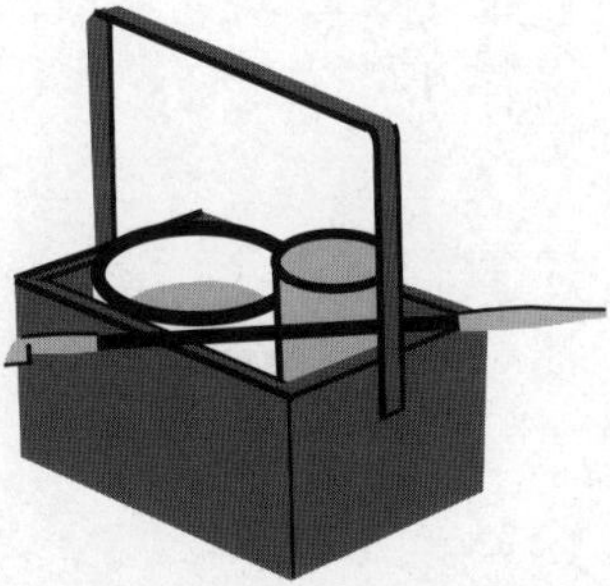

一

「間男なんですがね」

盤面に目を落としたまま素七《そしち》がつぶやくと、源八《げんぱち》は大袈裟《おおげさ》に上体をのけぞらせた。

「えッ、ついにやりましたか」と、そこで一拍置いて源八は続けた。「まさか、されたんじゃないでしょう」

「際どいことをおっしゃいますな。源八さんは、生々しくていけません。女房はとっくに亡くなってますから、される心配があろうはずがないじゃないですか」

「表向きはそうかもしれませんがね」

「秘《ひそ》かに女を囲ってるとでも、おっしゃりたいのですか」

「隠し女ってくらいですから、居てもわからんでしょ」

「わたしの齢《とし》を考えてくださいよ」

さすがに素七がむっとなると、源八はペロリと舌を出した。

「そうでした。一番無縁な言葉ですものね」

「そんなふうに、はっきり言われるのもなんですが。それに源八さん、いささか驚きすぎではありませんか」

「いえね、盤上の攻めあいで具合が悪くなったから、てっきり例の手を使ったんじゃないかと思ったもんで。不利になると突拍子もないことを言って、こっちを惑わそうとするでしょ。いつも」

「なお、いけませんよ。それに、いつも、は余計です」

素七は顔一面が縮緬皺《ちりめんじわ》に被《おお》われ、古稀《こき》の老爺《ろうや》を思わせる風貌だが、五十歳に達したばかりである。

この男、体があまり丈夫でないらしい。四十歳のころに女房を亡くしたが、後添えはもらわず、弟夫婦に菓子屋の見世を譲ってしまった。以後は、弟からもらう隠居手当で気楽に暮らしている。

体調が悪くないかぎり、素七は「駒形」に来て将棋を指していた。相手がいないときはほかの客の対局を見物するか、合本などを読んでいることが多い。

一方の源八は髪結《かみゆい》の亭主である。

美男でもなければ男振りがいいとも言えないのに、なぜだ、とだれもがふしぎがる。髪結の亭主となると、優男《やさおとこ》とか苦み走ったいい男と相場が決まっているからだ。

では女房がお多福なので、いわゆる「悪女の深情け」かと言えば、十人並以上の美人と言っていい色っぽい女だから一体どうなっているのだ、となる。あえて難点をさがせば、源八より五歳上ということぐらいだろう。源八が二十八歳なので、スミは年増も年増、大年増の三十三歳であった。

姉さん女房のスミが、「他人《ひと》にはわかんないかもしんないけど、あれでいいとこあんのよ。あたしは、源八つぁんに惚《ほ》れちゃったんだからね。この世で一番大切な人を働かせたりしないわ。一生面倒見てあげるの」と手放しでのろけるのだから、手が付けられない。その分ひどい焼餅焼きで、それに触れられると、「惚れちゃったんだからしょうがないでしょ。どこがいけないのさ」と居直る。

他人にはわからぬいいところとは、閨《ねや》での秘術にちがいないと男たちはだれもが思っていた。でないと、源八が髪結の亭主になれる訳がないのだ。

「なぜか源八にいい女房」は「席亭二十《はたち》歳で若すぎる」と並ぶ、将棋会所「駒形」七不思議の一つであった。

源八は酒を飲まないし、博奕《ばくち》にも興味がないようだ。となると残るは女だが、女房がそんなありさまでは、その気になってもうっかり手は出せないだろう。「古女房が鼻につきゃ、若い女と手に手を取って」などと思っているかもしれないが、怠け者の源八にそんな日が来るとはとても思えない。

だからというのも変だが、自然と「駒形」に足が向くことになるのだろう。

会所は初老から老年にかけての客が多いので、二十八歳の源八は数少ない若手の一人である。その日の客は十数人あったが、源八が一番若かった。

そのまま間男の一件は立ち消えになったかと思われたのに、五、六手も指してから素七が言った。

「川柳なんですがね、間男の」

素七がそう切り出すと、源八がすぐに受けたのは、指しながら間男のことを考えていたからかもしれない。あるいはこの男にとっては絶対に叶《かな》えられないだけに、「間男」はとてつもない魔力を秘めた、夢にも等しい言葉なのかもしれなかった。

「けっこうおもしろいのがありますからね。あっしが上手いなと思ったのは、間男は薄き氷へそっと乗り、ってんですが」

「まさに薄氷《はくひょう》を踏む思いでしょうな」

そう言ったのは、二人の横で指していた平吉《へいきち》であった。小間物屋の隠居である。女客相手の商売なので、若いころはさんざん女房を泣かせたとのことだ。

「薄氷《うすごおり》何枚踏んだか数知れず、でしょうな、平吉さんの場合は。流した浮名は両手の指で数えきれない、とか」

からかったのは、平吉と指していた島造《しまぞう》である。

四十代後半と思われるこの男、物書きだと噂《うわさ》されているが、噂だけでだれもその筆名を知らない。あれこれと知識をひけらかす割には、なぜか本人は筆名には触れようとしなかった。

講釈師に頼まれて台本を書いているので、名前を出せないそうだぜ、と言う者もいた。薄氷で始まる皮肉が川柳になっているのだから、あながちまちがいではないのかもしれない。

ときおり、ちょっと穿《うが》ったような意見や、普通の人が知らないことを言ったりする。だから物書きかも知れないなと、だれもがその程度の見方をしているのだ。

いずれにせよ、しょっちゅう書肆《しょし》から依頼があるような、売れている物書きでないことはたしかであった。「駒形」で席を温めていることが多いことでもそれはわかる。

たまに何日か続けて顔を見せないことがあって、それが物書きかも知れないと思われている理由かもしれない。

物書きなんかであるはずがないと疑問視する向きもあった。ほとんど実入りがあるとは思えないのに遊んでいられるのは、一人稼ぎの盗賊、いや盗賊団の一味、もしかするとその頭《かしら》かもしれないと、物騒なことを言う者さえいる。

たまに来なくなるのは、盗みに励んでいるからにちがいない、などともっともらしく言うのである。そう言えばこのまえ千住の質屋に賊が押し入ったそうだが、ちょうどあのころ島造は「駒形」に姿を見せていない。それに時々人を見る目にすごみがある、というのをその理由にあげていた。

「駒形」のある黒船町の北隣りの諏訪町に越してから五年になるが、仕事に就いたことがなかった。そして信吾が将棋会所を開くと、いつの間にか常連になっていた。

考えてみればそれも怪しい。決まりごとに雁字搦《がんじがら》めの宮仕えに愛想を尽かし、藩庫《はんこ》の金をごっそりとごまかしたらしいと言う者もいた。江戸に出て名前を変え、裏長屋でのんびり余生を送っている可能性もあるとの噂もあった。

この辺りまでくれば、もはや妄想だろう。

噂はあくまでも噂なので、信吾は聞き流すことにしている。噂なんかは信じないので、振《ふ》り廻《まわ》されることもない。

「源八さんが例に出された川柳には、もっと深い意味があるようですな」

島造は薄氷の句について蘊蓄《うんちく》を傾け始めたが、指している連中は真剣に聞いてはいない。

「間男がそっと乗る薄い氷とは、人の女房を指しております。よほどうまく、しかも慎重に乗らねば、薄い氷のように危なっかしいということを詠んでおりますな。だが本当の意味はちごうております」

「だったらどんな」

「間男をするような女房は亭主に対する思いが薄うて、氷のごとく冷たい心の持ち主であるということを皮肉っておるのです」

「深い意味があるかもしれませんけどね、島造さん」と、源八は口を尖《とが》らせた。「そんなふうに説明してもらっても、ぜーんぜんおもしろくなーい。ここは他人の女房になにしようとする男の、冷や冷やドキドキの思いを読み取ってやらなきゃ」

どうやら源八が一本取ったようで、へこまされた島造は、苦虫を嚙《か》み潰したような顔になった。

「おや、席亭さんの顔が見えませんな」

格子戸を開けて入って来た客の三五郎《さんごろう》が、小僧の常吉に席料を渡しながらそう言った。この男もまた楽隠居の身である。

「間男の話なんぞになったので、きまり悪くて姿を消したのではないですか」

甚兵衛《じんべえ》がそう言うと、三五郎は顔を輝かせた。

「えッ、町内に間男騒動でも起きて、席亭さんがそれに絡んでるんですかい。そういや、若くていい男だもの。で、相手はどこの女房です」

それを聞いて甚兵衛は苦笑した。

「三五郎さんは相も変わらずそそっかしくて、早とちりですね。年寄り連中が年甲斐《としがい》もなく間男の話を始めたので、きまりが悪く、あるいは馬鹿馬鹿しくなって席を外したのだと思いますよ」

「席亭さん、お若いですからなあ」

いくらか落胆したらしい三五郎が、座敷にあがって胡坐《あぐら》をかくと、常吉が茶を出した。

「わたしが言ってる、間男の川柳ですがね」

遣《や》り取《と》りが一段落したと見たからだろう、素七が話を蒸し返した。

「まえの五とあとの五は憶《おぼ》えているのに、中の七があやふやになってしまいまして」

素七はそう言ったが、言ったことというか言おうとしていることといえばいいのか、それ自体が曖昧なので、だれもが指す手を休めてしまった。なにが言いたいんですか一体、という目で全員に見られながら素七は続けた。

「間男はされて哀《かな》しくして楽し、の中七なんですが、されて口惜《くや》しく、されて切なく、されて寂しく、それに最初に言った、されて哀しく、そのどれだったか。この何日か、それが気になって仕方ないんですよ」

「夜も眠れないってんじゃないんでしょ。どれでもいいじゃないですか。だって、おなじような意味なんだから」

源八がそう言うと、失地を回復しようとするかのような勢いで島造が言った。

「いや、微妙に、というか根本的にちがっておるのですよ、源八さん。髪結の亭主などという、特別に恵まれたお方には、おわかりでないかもしれませんがね」

「島造さんの皮肉は頭突きのようで、胸にドンと応えるね」

「川柳は裏の裏まで読み取らねばなりませんし、言葉がちがうのですから、当然意味だって変わる道理です。今、素七さんのおっしゃったおなじ趣きの川柳は、おおきく一対三にわけられますね」

「わけることに意味があるかどうかはともかくとして、一対三にわけるその根拠はなんですかな」

来たばかりの三五郎が話の輪に加わった。

「よくぞ訊《き》いてくれました。セガレの具合でわけられるのです」

「具合と申しますと」

三五郎には訳がわからないようだが、島造は頓着しない。

「わたくしに言わさんでもらいたい。それくらい察してくださらなきゃ困るではないですか」

「セガレの具合と言われても、あたしの場合は、今はもう小便だけの道具かな、となって久しいですからねえ」

島造には知識をひけらかして鼻持ちならないところもあるが、どういう根拠でいかに分類するかは知りたい、場の空気はおおよそそのようであった。

「一人はまだ女房を喜ばせることができるのですが、ほかの三人は気の毒なことにもうできぬということですな。それにおそらく若い嫁さんとか、後添えなんかではないかと考えられます。『まだ』と『もう』のちがいはおおきいですぞ。天と地ほどの開きがある」

「わかった」と言ったのは源八だ。「一対三の一は、されて口惜しく、でしょ。自分のはまだ使い物《もん》になるし、しかもたっぷりと可愛《かわい》がってよがらせてやってるはずなのに、女房は間男をしおった。なんでだと、これほど口惜しいことはないじゃありやせんか」

「口惜しそうですな、源八さん」

平吉にからかわれて、源八はおおきく手を振った。

「えッ、あっしんとこは大丈夫ですよ。うちのカカアにかぎってそんな」

「惚れちゃったんだもん、ですものね。だからって安心してていいんですか。町内で知らぬは亭主ばかりなり、ってなりますよ」

平吉はそう言ったが、あるいは髪結の亭主に嫉妬していたのかもしれない。源八にではなく、髪結の亭主という存在そのものに対して。

平吉は惚《とぼ》けた顔で追い討ちを掛ける。

「半さんが言ってましたよ。あんな色っぽくていい女が、なんで源八なんぞに惚れやがったんだって」

言われた源八は、顔を真っ赤にして平吉を睨《にら》み付けた。

「なんで源八なんぞに、と言いやしたか」

「わたしに腹を立てんでください。言ったのは半さんですから」

肩透かしだが、そう切り替えされると源八は、振りあげた拳固《げんこ》の持って行きどころがない。

遣り取りを見ながら島造が言った。

「これは驚きです。いや、三対一のことを申しておるのだが、なんと源八さんの言ったのが図星でしてね。ほかの三つは、されて哀しく、されて切なく、それになんでしたかな。素七さん」

「されて寂しく」

「そうそう、それです。どれも自分のセガレが言うことを聞かなくなった、無念な気持が出ておるでしょ。三つの無念は諦めの無念であるのに、されて口惜しくの無念だけは憤りの無念なのだ」

「なあるほど」

「ゆえに素七さん、どれか一つに決めないでもいいのではないですかな、それぞれ少しずつ意味あいがちがうのであれば。それに素七さんはまえの五とあとの五とおっしゃったが、それは逆かもしれない」

「えッ、どういうことでしょう」

素七に問われて、待ってましたとばかり島造は解説を始めた。

まえの五とあとの五を入れ替え、「して楽しされて口惜しい間男は」というのもあると、島造は言っているのである。中七にそれぞれおなじ、されて切ない、されて寂しい、されて哀しい、が入るのだという。

「間男はされて口惜しくして楽し、というのと、して楽しされて口惜しい間男は、なんですがな」

「言葉の順番がちがうだけで、意味はおなじじゃないですか」

「それがまったく別物になるのです。最初に間男は、と来ると、次には間男とはどういうものかという説明、あるいは間男がどうのこうのとの言葉が続きますな。間男のことにかぎられるので、どう転んでもおおよその見当は付く。ところが、して楽し、が最初に来ると、えッ、なにが楽しいのだと、気持が、して楽しという言葉に向かう。つまり読み手の、あるいは聞き手の心が惹《ひ》かれるのだ。言葉に向かって心が動くのですよ。そこへ、されて云々《うんぬん》と逆のことが続くゆえ、おやッどういうことなんだと思うことになるが、間男は、でストンと落ちる。これだけのちがいがある。これはちいさいようで、けっこうおおきいのではないかと思いますがな」

「へえ、島造さんはなかなかの学者なんだなあ」

　ここまでは平吉はすっかり感心していた。島造は得意になって自説を展開した。

「言葉は言霊《ことだま》と言うくらいだから、魂が宿っております。それゆえ一字ちがえるだけで、意味が変われば、まったく逆の意味になることすらあることを、わきまえねばなりません」

「言葉に魂が入ってるとは、すごいことをおっしゃるね。よッ、学者先生」

平吉がここぞとばかり混ぜ返す。

「よしてくだされ。学者とか先生とか持ちあげるのは」

言いながらも、島造はまんざらでもなさそうな顔であった。

しかし平吉は手を緩めない。

「よッ、間男学者」

島造の顔から笑みが消えた。

「これこれ、それは勘弁してもらえませんですか」

「え、なぜですか。学者さんだって褒めてるつもりですが」

「学者より、間男のほうに重みが掛かってるではないですか。それに平吉さん、間男と学者のあいだを少し開けましたね。それゆえ余計に学者が薄く弱くなる」

「言葉のビミョウさをよくご存じなのはわからぬでもないですが、間男学者でなきゃ、学者間男では語呂が悪いでしょう。それに間男が学者になったみたいですから、間男に関する学者であるということを、はっきりせねばなりません。だからここはどうあっても、間男学者でなきゃね」

「常吉」

格子戸から入って来た信吾が、小僧の名を呼んだ。

「へーい」

「みなさんにお茶を淹《い》れておくれでないか。煎餅を買って来たから」

「へーい」

煎餅のひと言が効いたらしく、常吉の返辞はいつもより明るかった。

それを潮に、ようやく客たちは勝負にもどったのである。

二

常連客が増えたということもあるが、「駒形」の顔触れは毎日あまり変わらなかった。それと年寄りがほとんどということもあって、動きも緩慢になりがちだし会話も弾まない。間男で盛りあがったのは珍しい例外であった。

普段は会話も取り留めなく、嚙みあわないどころか逆のことを言っていても、双方が気付かずに延々と続くことすらある。

駒を手にするたびに、その駒に関する将棋格言を無意識につぶやく者もいた。

敵陣に入った銀を成銀にせず「成らずの銀に好手あり」、敵が桂馬をあげるとその頭に歩を打って「桂馬の高飛び歩の餌食」、思案の挙句「手のないときは端歩を突け」と言いながらそのとおりにする。

敵の持ち駒を見て「歩のない将棋は負け将棋」と言うかと思うと、「風邪を引いても後手ひくな」とか「敵の打ちたい所へ打て」などと、直接そのときの勝負には関係ないことを言ったりもするのであった。

日々がそうなので、どことなく空気が淀《よど》んでしまうのかもしれなかった。だから前日の間男で珍しく弾んだ空気が、そのまま色濃く会所内に残っていたのかもしれない。

その日、客は前日の三倍ほど入った。八畳と六畳の座敷だけでなく、板の間にも座蒲《ざぶ》団《とん》を敷いたほどの大盛況である。

あるいは客のだれかが湯屋《ゆや》で、「間男のことで将棋会所はえらく盛りあがってね」など洩《も》らしたのかもしれない。

商人や職人、そしてそれらの奉公人は、陽《ひ》が落ちると湯を浴びて飯を喰《く》うのであった。

江戸の湯屋は五ツ（八時）に湯を落としてしまう。

朝は日の出から開けているので、前日遅くなった者は朝湯を浴びる。湯屋の隣はかならずと言っていいほど髪結床なので、湯を浴びた者は髭《ひげ》を剃《そ》り、髪を直して行く。自然と人が集まることになって、ちょっとしたことはすぐに広まってしまうのであった。

その日は将棋を指さない見物だけの、いやおもしろい話を聞こうとして集まった、席料だけの客がけっこういたのである。

「間男をせぬと女房恩に着せ、って川柳があるけど。ありゃ、女房にとって都合のいい句だと思うね」

まるで前日の遣り取りの続きでもするようにつぶやいたのは、「駒形」では若手の源八であった。

「どうしてそう言い切れるのですかね」

源八の言葉を受けたのは素七である。前日の会話が花開いたのは、かれの「間男なんですがね」が発端となったので、やはり自分がと思ったのかもしれない。

「だって、するもしないも、男が仕掛けなきゃ始まらないじゃないですか」

「源八さんはお若いですなあ」

すぐに首を突っこんだのは、平吉から間男学者の渾名《あだな》を付けられた島造であった。ところが珍しく、言われた源八が突っ掛かった。

「たしかにあっしは若いですよ。若いですがそれがどうかしましたか。なにかと言うと、若い若いと決め付けて馬鹿にするのは、お年寄りの悪い癖だ」

「若いから若いと言ったまでで、決して馬鹿になどしてはおりません」

「どこが一体《いってえ》若いってんですかい。齢から言えば、たしかに若造ではありますがね。と言ったってもう二十八なんだ。子供扱いされてたまるもんか」

「男が仕掛けなきゃ始まらない、と言われましたな」

「だってそうじゃないですか。良い女だから誘い、口説くんでしょうが。そこで初めて間男一件となる。だれからも声が掛からないのに、間男ができないのを棚にあげ、間男をしませんからと亭主に恩を着せるのは、いくらなんでもひどかないですか」

「源八さん、やけに昂《たかぶ》ってるようですが」と、甚兵衛が言った。「もしかすると昨夜は、おスミさんとうまく行かなんだのではありませんか」

源八がプイと横を向いたのは、図星だったからかもしれなかった。

常連でない見物客の何人かが、遠慮がちに笑った。

「席亭さん、お待ちなされ」

信吾がさり気なく席を立とうとすると、権三郎《ごんざぶろう》が鞭《むち》のひと振りのようにピシャリと言った。

「昨日も年寄り連中が間男の話を始めると、そっと逃げ出したが」

「いえ、逃げ出したなんて。皆さんにお煎餅でも食べていただこうと思いまして、買いに出たのではありませんか」

「それは口実であろう」

見抜かれていたのかと思うと、苦笑するしかない。

抜け出した信吾は知らないが、権三郎は前日、ひと言も口出しせずに、黙って客たちの間男談議を聞いていたのであった。御家人崩れらしいので、だれもがどことなく敬遠している人物だ。

「こういうくだらん話を聞いてやるのも、席亭の役目ですぞ」

くだらん話のひと言にきっとなった者もいたが、相手が元武士では抗議するには至らない。

「席亭、権三郎さんのおっしゃるとおりですよ」と、甚兵衛がとりなすように言った。

「若い人にはおもしろくないかもしれませんが、こういう話も聞いておくと、よろず相談屋の仕事にも役立つことがありますから」

さほど役立つとは思えなかったが、権三郎と甚兵衛に言われながら席を外すのも憚《はばか》られた。

信吾はしかたなく坐《すわ》り直した。

「間男の話になると席亭さんが席を外すのは」と、平吉がまとわりつくような言い方をした。「耳に痛いからではありませんかね」

「なにをおっしゃりたいのでしょう、平吉さん、まるでてまえに後ろ暗いところがあるとでも」

信吾の抗議には答えず、平吉は小僧を呼んだ。

「へーい」

やって来た常吉に平吉が訊いた。

「常吉どんは、夜、寝るのは何刻《なんどき》だい」

「六ツ半（七時）か五ツですけど」

「朝、起きるのは」

ちらりと信吾に目をやってから常吉は答えた。

「六ツ（六時）ごろ」

「夜中に起きることはあるかな」

「寝たら朝まで起きませんが」と、常吉の代わりに答えたのは信吾である。「どういうことでしょう。奉公人のことでしたらてまえが」

常吉が寝てから女が忍んで来るはずだと吹きこんだのは、どうやら平吉のようだ。流れで、そっちに話を持って行こうと思ったのだろう。

「いや、常吉どんはもういいんですよ。夜の席亭さんのことを、まるで知らないとわかりましたから」

「奥歯に物が挟まったような、おっしゃりようですが」

「夜中に間男に出掛けるとか、女の人が忍んで来るっていいたいのさ」

源八が非難めいた言い方をすると、平吉は目のまえでおおきく手を振った。

「てまえはなにも。ただ、夜中のことはわからないとだけ」

「だからその言い方がいけねえ。そんなふうには取れねえんだよ。毎晩のように間男に出掛け、でなきゃ女を引っ張りこんでるって」

「源八さんまで」

「いや、席亭。平吉さんの言い方じゃ、そう取られても仕方ねえって、代わりに文句言ってんじゃねえか」

「李下《りか》に冠を正さず、瓜田《かでん》に履《くつ》を納《い》れず。間男の話になると席を外そうとするゆえ、誤解されるのだ」

御家人崩れの権三郎のひと声で静かになった。

気まずいひと時が流れた。こういう場合には少しでも知恵のある者にと、自然と視線が島造に集まった。本人もそれを強く感じたらしい。静かに話し始めた。

「わたくしが源八さんを若いと申したのは、間男は、男だけでできるものではないからです」

源八は先ほどの遣り取りを思い出したらしく、口を尖らせた。

「わかり切ったことを、澄ました顔で言わんでもらいたいな」

「女だけで、できるものでもない」

「もったいぶって言わんでもらいたいと言ったはずだよ。わかり切ったことを」

「男と女がいて、初めてできるのである」

「だからわかり切ったことを言わんでくれ、と言ってるじゃないか」

「源八さんは男が仕掛けることだけを申されたが、女が仕掛けることもある。亭主持ちの女が若い男を誘いこんで閨をともにする、この場合も間男という。たしかに男から誘うことのほうが多いであろうが、女から仕掛けることだってけっこうある。いかにも男が口説いたようになっておっても、女が巧みにそのように導くことはよくあるからな。いや、実のところはそっちのほうが多いかもしれん。男は鈍いから気が付かんだけだ」

源八が黙ってしまったのは、島造が言うとおりだと思ったからだろうか。あるいはスミとの馴《な》れ初《そ》めで、思い当たる節があったからかもしれない。

「間男の向こうを張って、間女というのはないですか」

前日は来ていなかった正次郎《しょうじろう》が、いくらか控え目に訊いた。常連と言うほどではないが、ちょくちょく顔を見せる客であった。声を掛けたのは、ちょっとしたことで場の雰囲気が白けたのを感じたからかもしれない。でなければ、一見《いちげん》の客を楽しませねばとの気持が働いたのだろう。

こういうときには、物書きではないかと思われている島造に、どうしても視線が集まることになる。本当は「待ってました」と言いたいところだろうが、島造は仕方ありませんね、というふうに話し始めた。

「あることはあるが、間男とまったくおなじ意味あいという訳ではない」

「へえ、あるんだ」

「一つは間の女と書いて、『あいのおんな』と読む。素人のふうをして客を取る女だな。玄人か素人かわからぬゆえ、あいのおんな。曖昧女《あいまいおんな》とも言うようだが」

「一つはとおっしゃいましたが、ほかにもあるんですね」

「おなじ字を書いて、読みは『まおんな』であるが、女房や特別な女のいる男が、ほかの女と秘かに寝ること。また、その女のことを言う」

「間男とおなじでしょ」

「おなじようで、そうとも言い切れないところがある」

「まるで曖昧女のようですね」

「うまいことを申される。ちがいはこうであるな」この手の話になれば、自分の独擅《どくせん》場《じょう》だとでも思ったのか、次第に講釈調になって来た。「間男は亭主のある女が、ほかの男と寝ることである。相手の男は、女房持ちでも独身《ひとりみ》でも関係ない。大事なのは女のほうが『亭主のある女』ということだ。間女の女は亭主持ちでもそうでなくても関係ない。一方、男には女房か特定の女がいる。相手はどんな女であろうと関係ないのだ。つまり間女のときの男は、決まった女に縛られた立場ということである」

「ああ、ややこしい」

「複雑極まりない。ゆえにそういうことには関わらぬのが無難であるが、なぜか男も女もややこしくて危ないほど、気持を駆り立てられる。困ったことだ」

「危ないというのは、二つに重ねて四つに切られても文句は言えないということですか」

「ほとんどは金で内済するようであるが、その金がなければ命を差し出すしかない」

「一体どのくらい入用《いりよう》なんです」

「以前は五両だったそうであるが、大岡越前守《おおおかえちぜんのかみ》さまが七両二分に定められたと言われておる」

「おいらはだめだな」

島造にやりこめられてしばらく黙っていた源八が、溜息《ためいき》とともにそう言った。

三

「源さんなら、なんの心配もいらんでしょうが。惚れちゃったんだもん、のおスミさんがなんとしても都合してくれますって」

平吉はそう言ったが、どこか妬みが含まれているようでもあった。

「とんでもない、間男なんぞしたら、相手の亭主より先に、おいらはおスミに殺されちまいますよ」

「そんなことありませんて。普段はそんなふうに言ってるかもしれませんが、いざとなりゃ、どんなことをしても救ってくれますよ。だって、惚れちゃったんだもん、ですから」

平吉は「惚れちゃったんだもん」に拘《こだわ》っているようだ。

源八がとても冗談とは思えぬ言い方をした。

「あんたはおスミを知らないから、そんな気楽なことが言えるんです」

「あんまり脅かしなさんな、平吉さん」と、甚兵衛が言った。「源八さん、総毛立ってますよ。この怯《おび》えようは半端じゃありません」

「殺されても仕方ないし、見付かれば大金をふんだくられる。それがわかっているのに、なんで間男するのかねえ」

源八がそう言うと、その場の人の目が島造に集まる。

「一盗《いっとう》二婢《にひ》三妾《さんしょう》四妓《しぎ》五妻《ごさい》と申してな、まず筆頭が他人の嫁さんを盗み喰いすることだ。人の女房は味がいいというのではない。こっそりと盗むことがなにものにも代えがたき悦楽、つまり悦びであるということだ」

「こいつぁたまらんってことですか。ニヒと言うのは」

「奉公女だ。女房に知られたら地獄を見ることになる。それがわかっていながら、使用人を口説くのだから、こたえられんということだ」

「サンショウってのはピリリと辛そうだね」

「その山椒ではない。三番目はお妾さんだ。いい女だから女房に隠して囲う。いくらいい女でも一盗や二婢には勝てんということである。男と女のことは実に奥が深い」

「シギってのはまるで鳥のようですが」

「四番目は娼妓《しょうぎ》だな」

「将棋だから指す。いや、差すんで」

「商売女。女郎などを金で買っていたすことだ」

「後妻は知ってまさ。二度目の、あとからもらったカカアだね」

「いや、自分の女房だ。女房のことを妻《さい》と言う。細君だな。タダでいつでも抱けるから
つまらんと思うのかな。五番目が妻だから五妻」

「六番目は」

「五番目までありゃ、十分だろう」

「しかし、自分の女房が一番下なんて、いくらなんでもひどいじゃないか」

「源八さんとこは、一妻だから、一切問題ないだろう」

とこれは平吉で、駄洒落《だじゃれ》が笑いを誘った。

「六番目は本当にないの。あんた意地悪して隠してないかい」

「隠してる訳ではないが、あえて言えば六手かな」

「ロクシュ、なんですかい、そりゃ」

「六番目は手だな。五人組とも皮つるみとも言うが、自分の手を使っていたすこと。セ

ンズリのことだ。タダではあるが、ちと、寂しい」

「寂しくて、侘《わび》しい」

「侘しくて、切ない」

なぜか笑いは弱かった。

「あの、今さらこんなこと訊いて笑われそうですが」と控え目に言ったのは、正次郎であった。「どうして、間男と言うんですか」

島造が即座に答える。

「夫婦、つまり亭主と女房のあいだに入ってよからぬことをする男、あいだの男、つまり間男、ということだ」

「でもあいだに入っても、女房のほうにだけよからぬことをする訳でしょ」

「両刀遣いもあるゆえ、となるといささかややこしくなるであろうな」

「美人局《つつもたせ》って言葉もあるでしょ。することはほとんどおなじですが、間男とはちがうのですか。ちがうとすれば、どうちがうんですか」

その問いを発したのは三五郎であった。平吉が答えた。

「なにがちがうかと言えば目的です」

「なぜやるかということですね」

「三五郎さんはなぜ間男しましたか」

「ちょっと勘弁してくださいよ、平吉さん。今日は普段お見えでないお客さんの顔も見えますからね、あることないことを言われちゃかないません。あたしゃ、うちのかみさんしか知りませんよ」

「商売女をべつにすれば」

「ええ、まあそうなりますがね。でもほとんどの人がそうでしょう。間男なんか、したくたってできません」

「そりゃまたどうして」

「足りないものがあるからですよ」

「お金ですか。お見世は繁盛してるじゃないですか」

「三五郎さんは、そんなこと言っておるのではないと思いますがな」

そう言ったのは間男学者の島造であった。

「だったらなにが」

「間男するに、一番なけりゃならぬものだ」

「一番なけりゃならぬって」

「逆に訊くが、平吉さんはなんだとお思いかな」と言ってから、島造はほかの連中を見廻した。「どなたでもけっこうですぞ」

「そりゃ、度胸だろうよ」

「さすが、源八さんだな」

「褒めたってなにも出ませんぜ」

「度胸をべつの言葉で言い換えたら」

「なにも、わざわざ言い換えることはないじゃないですか。度胸って、ぴったりの言葉があるんだから」

「そこをあえて言い換えると」

源八は眉間に深い皺を刻んで懸命に考えていたが、あまり自信なさそうに言った。

「勇気ですかい」

「さすが、源八さんだな」

「その台詞《せりふ》、二度目だぜ、先生」

島造は源八を無視して続けた。

「二つに重ねて四つに切られてもしかたないとの覚悟がなければ、間男なんてできやしない。度胸である。勇気である。間男するのに絶対なくてはならない勇気の、勇という字をよくご覧なされ。片仮名のマと男でできておるな」

「ああ、マの下に男がくっついている。それで間男ってかよ。こっちはまじめに、ない知恵絞って考えたのに、駄洒落はなかろうよ」

「話が変な方向に行っちまいましたが、島造さん」と、三五郎が言った。「美人局と間男はおなじかちがうかってわたしが訊いたのに、答えてもらってませんよ」

「平吉さんが答えたではないか、なにがちがうかと言うと、目的ですと」

「えッ、それじゃわかりませんよ。ね、皆さんもそうでしょう」

客たちを順に見ると、だれもが何度もうなずいた。

「美人局がいかなるものかは、どなたもご存じでしょうな」と、島造は客たちを見廻した。「ま、実際にやった者はおらぬだろうが、やられた者はおるかもしれぬ」

客たちは顔を見あわせてにやにやと笑う。

美人局は夫婦が示しあわせておこなうが、女房がカモになる男を誘惑して同衾《どうきん》する。そしてよろしくやっているとき、あるいは終えたところに、亭主が出刃包丁を逆手《さかて》に持って踏みこみ、相手に因縁をつけて法外ともいえる金を脅し取る犯罪だ。

博奕に負けて多額の借金を負ってどうにもならなくなった亭主が、いやがる女房を説き伏せてやるようなことが多い。金を脅し取られる相手も地獄なら、犯罪の片棒を担がされる女房も地獄だろう。いや、女房がほかの男と寝ているところに乗りこまねばならぬ亭主にしても地獄である。

「いたしてるときとか、終えたところでなきゃだめなんですかい、亭主が踏みこむのは」

いつもそうだがすぐに源八が口を挟んだ。答えるのは物識《ものし》りを自認する島造である。

「さてこれからというときではだめである。なにもやっておらんのだから」

「けれど、おなじ蒲団に入って、男が褌《ふんどし》を外し、女が帯を解いて襦袢《じゅばん》をはだけてりゃ、いたしておるのといっしょじゃねえですか」

「そう思う者がほとんどであろうが、あれが相手のあそこにあれしておらんと金は取れん。カモのほうで言い訳ができるからな」

「言い訳。どんな」

「まあ、こういう調子であろうな。あたしゃ厭《いや》だと断ったのに、むりやりこの女に誘いこまれてしまって、それにまだなにもしていないではないですか」

「なんだ、そういう喋《しゃべ》り方もできるじゃねえですか、島造さん」

「そう言い逃れれば、亭主に殴ったり蹴られたりするかもしれんが、金をふんだくられることはなかろう」

「自信たっぷりにきっぱり言い切りましたが、そこまで詳しいってことは、島造さん、あんた昔かみさんと組んで美人局をやったことがありますね」

「馬鹿なことを言いなさんな。多少知っておるからと言って、悪人にされてはたまったもんでない」

「でなけりゃ美人局の罠《わな》に嵌《はま》りながら、うまく言い逃れたことがあるでしょ」

「からかうものではない」

「だって詳しすぎるもの」

「先に進もうと思うがよろしいな。という訳で美人局は、本来は夫婦で騙《だま》して金を脅し取るが、夫婦でもないのにそれをやる悪い連中が現れた」

盛り場のゴロツキが酒場の女などと組んで、金を持っていて気の弱そうな男に仕掛ける。

抱きあっているところに、「人の女房になにしやがる」と乗りこまれたら、相手の言いなりになるしかない。なにしろ人妻との姦通《かんつう》は大罪なのだから。男女が夫婦かそうでないかなどたしかめられないし、そんな余裕もないからだ。

「しかし、いつもうまく行くもんですかね」

「と申されると」

「気が弱そうに見えても、実際はそうではないとか」

「飲み屋の客であるから、何度か飲んでおるうちに、女が大丈夫だと見抜いた相手だけを罠に掛けるのであろうな」

「でも、人は見掛けによらないって言いますからね。例えばここの席亭さんのように、おだやかでおとなしそうに見えても、その実、柔術の凄《すご》い遣い手だったりして」

いかにも愉快そうに笑いながら、もしかしたら知っているのだろうかと、信吾は一瞬ヒヤリとした。

甚兵衛が助け舟を出してくれる。

「老舗料理屋の倅《せがれ》さんですよ。あり得ませんて。それが事実なら、あたしゃ雷門から柳橋まで、逆立ちして歩いてもよろしゅうございます」

「そりゃ、そうだ」

　客たちが一斉に笑ったので、信吾もいっしょになって笑ったが、甚兵衛の逆立ち歩きを見たい気持も強かった。

　そのとき浅草観音の時の鐘が九ツ（正午）を告げた。続きは九ツ半（一時）からにしましょうとのだれかの提案で、それぞれ食事を摂《と》ることになった。近くの食べ物屋に向かう者もいれば、家が近いので食べに帰る者もいる。

　甚兵衛も客に誘われて出掛けたので、あっという間にだれもいなくなってしまった。

「常吉」

「へーい」

「今日は席料をもらうお客さんも多かったし、お茶や莨盆《たばこぼん》を出すのも大変だったろう。店屋物を取ってやるが、なにがいい」

「だったら波の上！」

　一度、鰻重《うなじゅう》を取ってやったが、そのとき中を頼んでやったことがある。

「中は波の上とも言う。鰻重には上中並があって、中を波の上と言うのは並の上に引っ掛けた駄洒落だ」

そう教えてやったのである。

以来、店屋物を取っていいぞと言うと、常吉は決まって「だったら波の上！」と言うようになった。

四

食べに出た者は、気のあう者同士で銘々ちがう見世に入っただろうし、食べに帰った者も当然だが「駒形」にもどるのはバラバラである。

鰻《うなぎ》は裂いて、蒸し、焼いて、垂れを付けてさらに焼く。手間が掛かるので、出前が届くのが遅い。客たちが戻ってきても、信吾と常吉はまだ食べているところであった。

「いい匂いがすると思ったら鰻かい。豪勢だなあ」

一人の言葉にもう一人がうなずいた。

「ここの小僧さんは、鰻重を喰わせてもらえるのかよ」

「たまたまですよ」

その言葉に信吾は呆《あき》れてしまった。

「常吉、それはわたしの台詞だ。小僧が言ってどうします」

「おれなんざ、かけ蕎麦《そば》だぜ」

客の一人が情けない声を出した。

食事からもどると板の間に寝そべったり、ちいさいながら池泉のある庭をそぞろ歩いたり、棋譜を調べたりしていた。

ところが全員がそろうと、なんとそのまま朝の間男談議の続きに入ったので、信吾は驚くと同時に、思わず笑ってしまった。

夫婦を装った男女が美人局をやるのが、急激に増えているというところで朝の話は終わっていたのである。

「それにしても、ひどいやつらがいるもんですね」

源八が口火を切ると、島造がそれを引き取った。

「皆さんも十分気を付けてくだされ。と申しても、ねらわれる心配はなさそうであるが」

「どうして、そう言えますんで」

「気の弱そうな、人のよさそうな顔ばかりではあるが、それよりもなによりも、懐が温かそうには見えん。寂しくて今にも幽霊が出そうであるな。これでは、そやつらに目を付けられることは絶対にあるまい」

「ところで島造さん」と言ったのは、三五郎であった。「くどいようですが、美人局と間男はおなじかちがうかについて、まだ答えてもらってませんよ」

「なにを申される、朝の話の中にあったではないか」

「でしたっけ」

「目的がちがうと、平吉さんが言ったのに聞いておらなんだのか」

「どうちがうって言いましたっけ」

「わからん人だな。間男は他人の女房と、二人で気持いい思いをしようというのが目的である。美人局は他人の女房といい思いができると男を思わせて、多額の金を脅し取るのが目的だ。目的が、いい思いをしたいか、金を脅し取るかだから、まったくちがう。そのくらいわかってもらわんと、話がしにくくてかなわん」

高圧的に決め付けられ、三五郎はすごすごと引きさがるしかなかった。

「なにかで読んだ覚えがありますが」と、素七が言った。「つつもたせはたしか、美人の局《つぼね》と書いてそう読ませるそうですね」

「難しいことをよくご存じだな」

「なぜそんな字を当てるのですか、島造さんならおわかりでしょう」

「それがようわからんのだ」

「島造さんにでも、わからないことがあるのですね」

「そりゃあるとも。いくらでもある」

「ごソンケンを。あ、まちがえました。ご謙遜を」

素七はまちがえた振りをしたが、おそらく痛烈な皮肉ではないだろうか。素知らぬ顔をしているが、島造にはわかったはずだ。

「つつもたせは、もともとは仕掛けをした賽子《さいころ》を使った、いかさま賭博《とばく》のことを言ったとのことである。つつもたせのつつは、賽子を入れて振る筒のことだな」

それが二束三文の安物を高く売りつけるとか、とんでもない金で春を鬻《ひさ》がせることを指すようになったらしい。つまりインチキをしてボロ儲《もう》けする意味になった。

「それがなんで美人局と」

「唐土《もろこし》の」

「えらい遠くに飛びましたな」

「あちらの笑い話を集めた、『笑府』などという本にも出ておる。唐土の元の時代だそうだが、商売女を妾と偽って年若い者を騙すのを、唐土でどう読むかは知らんが美人《びじん》局《きょく》と称した。その字にわが国の、体を売らせてとんでもない金を取る『つつもたせ』を重ねあわせた、とのことらしい。あくまでもらしいということなので、ようわからんと申したのだ」

「よくわからないということすら知っているのだから、やっぱり学者先生だ」

平吉はそう言ったが、褒めているのか揶揄《やゆ》しているのかよくはわからない。

「よし決まった。間男学者を取《と》り止《や》め、新しい名で呼ぶことにしましょう。よッ、美人局学者」

やはりからかっているのである。

「美人局と言うのは」

遠慮がちにそう言ったのは、将棋の常連ではない若い男であった。間男談議の噂を聞いてやって来たのだろう。

「あたしはてっきり筒、つまり男のあれですね。それを自分の女房に持たせることで、相手から金を脅し取ることだとばかり思ってましたが」

「いや、それでいいのではないですかな」

「しかし、先ほどの先生のお話では」

「先生はよしてくだされ。ここの会所の常連が、からかい半分に先生だとか学者などと言っているだけのことだ」

「ですが、賭博から来た言葉だとか、唐土の難しい話などを出されますと」

「だから、らしいとか、ようわからんと言ったでしょう。お集まりの皆さん方」と、島造は客たちを見廻した。「今この若い方が、実におもしろいことをおっしゃった。男の筒を自分の女房に持たせて、金を脅し取るから筒持たせだと。そうお思いの方が多いのではないですか」

実はその場のほとんどの者が、まったく同意見だとでも言いたそうにうなずいた。島造もそれを見て満足そうであった。

「わたくしも実は、筒を持たせるから、筒持たせという言葉が生まれたのではないかと思うておりましてな」

島造がそう言うと、先ほど遠慮がちに自分の考えを言った若者が、うれしくてならぬというふうに顔を輝かせた。

しかし、それではあまりにもまともで、当たりまえすぎる。しかも露骨で品がない。品がないどころか下品そのものだ。

そのため古今の書を繙《ひもと》いてあれこれ著述している学者が、なぜ「美人局」という言葉が生まれたかを調べたのではないだろうか。

そしていかさま賭博から派生した「つつもたせ」が、女を使って大金を稼ぐことに転じたのと、唐土によく似た犯罪「美人局」があったことを知り、美人局を「つつもたせ」と読ませるようになったにちがいない、というのが島造の説であった。

「おそらく物書きどもが、それをおもしろがって使っておるうちに、いつの間にか世間に広まってしまったのであろうな」

島造は自分の解説をそのように締《し》め括《くく》ったが、その口振りからして、物書きに対して屈折した思いを抱いているようでもある。

「言葉はそれなりの理由があって生まれるものだが、一度生まれた言葉に、あとになってあれこれと理由付けすることもあるのだから、言葉とは実におもしろい」

これはその場に居る人たちに向かってというより、島造の抱いた感慨であったようだ。

「おもしろいといえば、素七さん」と、平吉が言った。「美人局を詠んだ、おもしろい川柳はありませんかね」

「傑作がいくらでもありそうなのに、理屈っぽくて説明っぽい、つまらないのがなぜか多いんですよ。その中で一つだけ秀逸なのがありますが、これなんかはどなたもご存じでしょう」

「え、なんて川柳です。教えてくださいよ」

「据えられて七両二分の膳を喰い、てんですがね」

据え膳喰わぬは男の恥とばかり、女の誘いに乗ったら美人局で、「間男代七両二分を置いてとっとと失せやがれ」と金を脅し取られ、痛い目に遭ったさまを活写している。

「いくら高い据え膳でも、喰い終わっていたらまだ諦めも付きますが、箸を付けただけで取られちゃたまりませんな」

三五郎がそうつぶやくと、甚兵衛がからかい気味に言った。

「三五郎さんはそそっかしいから、箸を付けるか付けぬかというときに、怖いお兄《あに》いさんに凄まれたんでしょう」

さらに素七の追撃である。

「ずばり三五郎さんを詠んだ川柳がありますよ。こうです。入れるか入れないで七両二分取られ。先の句に較《くら》べると、当たりまえのことを詠んだのに、説明っぽくて締まりがなく、句としてはつまらんでしょう」

「でも三五郎さんは、危うく払わずにすんだんですよね」と、甚兵衛が止《とど》めを刺した。

「相手の男が三五郎さんに輪を掛けた粗忽者《そこつもの》で、間男見付けたと言うところを美人局見付けたと叫んだため、企《たくら》みがバレてしまったそうですから」

爆笑になった。三五郎も怒るに怒れず、いっしょになって笑うしかない。

「夜這《よば》いというのもありますが」

だれかがそう言ったとき、連れ立って来たらしい二人の若者の片方が、「夜這いはヤバイ」と言った。そしてもう一人と肩をぶつけあいながら、二人でクスクスと笑ったのである。

島造は二人をジロリと見たが、すぐに普通の顔にもどった。

「夜這いは意味ありげな言葉ではあるが、その割には大したことはありません」

「と言いますと」

「間男や美人局に較べたら、身に危険を感じなくていいし、金も取られないですからね。相手の合意を得ておけばいいのだから、気楽なもんだと思いますよ。約束もせずに忍んで行くと、騒がれることもある。それでも受け容《う》《い》れてくれれば、相手も自分を好いてくれていたか、でなければ売れ残りの、どうしようもない醜女《しこめ》ということになるな」

夜這いの相手は嫁入りまえや出戻りの娘、奉公女、あるいは後家さんなどである。どちらかと言えば弱い立場と言っていいだろう。だから娘の両親や兄、奉公人の場合はご主人などに見付かりさえしなければ、特に問題はない。

相手が美人とか肉感的な娘であれば、競争相手と鉢合わせすることがある。障子や襖越《ふすまご》しに寝息を聞きながら、ジャンケンでどちらが先かを決めるような間抜けなことになりかねない。やはりあらかじめ了承を得ておくべきだろう。

人妻の蒲団に忍びこむ場合は、夜、這って行っても夜這いとは言わず、間男と言葉が変わって命懸けとなる。

「先ほどそちらで」と島造は、クスクス笑いをした若者のほうを見た。「夜這いはヤバイと駄洒落を言われたが」

「え、ええ。言いましたが、それがなにか」

「お二人はもしかして香具師《やし》か、その手伝いをされているのではないのか」

「そうですが、でも、なんでわかったんですか」

「ヤバイという言葉は、夜這いが転じたという人もおりますが、『彌危《いやあぶ》ない』がつづまったとされておるのです」

「なんと言われました?」

「古い言葉に彌危ないというのがあって、それのつづまったのがヤバイ」

だれもが一斉に見たので、若い二人はすっかり狼狽《うろた》えてしまった。

「もともとは危ない、危険だとの隠語、つまり隠し言葉で、盗人《ぬすっと》や香具師のあいだだけで使われておるとのことです」

「それがどうして香具師だと」

「見たところお二人はとても盗人には見えん」と、島造は声をおおきくして言った。

「となると香具師だが、その若さからすれば見習いか手伝いだと見たのだが」

「へえーッ、言葉一つでそこまで見抜かれましたか」

「ちょ、ちょ、ちょ、ちょっと待った」と、言ったのは源八である。「風向きが一遍に変わっちまったぜ、学者先生の島造さんよ。盗人や香具師のあいだでだけ使われていて、世間の人が知らねえはずの隠し言葉を、なんであんたが知ってんだ。島造大先生はどう見ても香具師じゃねえ。だれかに聞いたことがあるが、香具師は、何日はどこ、何日はどこって、お寺やお宮の境内、あちこちの祭りで市を出す場所が決まってるそうだ。それなのにあんたは毎日ここに来て、駒を並べるかごたくを並べるかしてる。てことは香具師じゃねえ。となると、もう一方だな。盗人だよ。仕事に就かずに将棋ばかり指してる。怪しいんじゃないかとだれかが言ってたが、ついに尻尾《しっぽ》を出しやがったな。常吉」

「へーい」

「自身番屋か権六親分とこへ走ってくれ。みんな、そいつを逃がすんじゃねえぜ」

「源八さん。落ち着きなさい。どうしておまえさんは目先のことしか見えないのだ」

常吉が判断を仰ぐ目で見たので、信吾がゆっくり首を横に振ると、小僧は静かにうなずいた。島造も源八も「駒形」の大事な常連客である。町方の手を煩わせることなく、ここは信吾が波風の立たぬよう、だれの顔も潰さぬように処理しなければならない。

とんでもない難問ができてしまった。

「目先のことしか、だって。なにが言いたい」

「威勢がいいのはけっこうだが、わたくしが盗人であるならば、分の悪いことを自分の口からなぜに洩らしますか。どんなことがあっても、ひた隠しに隠すはずでしょうが。それなのに平気でそれを明かすのは、なんの疚《やま》しいこともない証《あかし》ではないですかな」

「なら、なんで盗人か香具師しか知ってるはずのねえ隠し言葉を知ってんだ」

「そのような屁理屈をこねられては困ります。わたくしが世間の人よりいくらか物識りだからって、泥坊呼ばわりは困りますね。わたくしが泥坊でなかった場合、源八さんはどうなさるね」

「どうなさるもなにも、泥坊でなきゃそれでいいじゃないか。毎日、ここへ将棋を指しに来たって、だれも文句を言やしねえよ」

「源八さんがよくても、わたくしはよくありません。これだけ大勢の人の前で、盗人呼ばわりされたんですからね。わたくしが本当の盗人なら、自分が疑われるようなことを口にするはずがないとわかっていただいた方にさえ、そのまえに源八さんが語った、芝居じみた長台詞《ながぜりふ》が頭にこびりついてますからね。盗人か香具師しか使わぬ言葉を知っているが、どうやら香具師ではなさそうだ、とするとやはり盗人かとの疑いが強く残ってしまったのです。身の潔白なわたくしが、謂《い》われのないことで疑いの目で見られるようになってしまいました」

「だったら言わせてもらうが、身から出た錆《さび》じゃねえんですかい。二人の若い人が、とても盗人には見えんから香具師だと鮮やかに解き明かしたから、とても香具師とは思えん先生は盗人にちげえねえってことになる」

「ちょっとよろしいですか」と、信吾はいつもよりよく通る声を出した。「このままではどこまで行っても水掛け論で納まりが付きません。なぜならお二方が普段の落ち着きを喪《うしな》ってしまわれたからです。むりもないでしょう、そうでなくても熱くなる間男と美人局ですからね。しかも今日は普段の三倍ものお客さまがお見えです。気が昂るのは仕方ないと思いますよ。ですから、お昼ご飯を食べるまえにもどしていただけませんか。そうすれば皆さまも、いろいろな事情が重なったので、ちょっとだけ、普段の冷静さを喪ったのだとわかってくださいますから」

　そのとき甚兵衛が立ちあがり、まさに恵比須顔としか言いようのない好々爺然《こうこうやぜん》とした笑顔を客たちに向けた。

「皆さん。将棋会所『駒形』の七不思議の第一は、なにかをご存じですか」

五

「席亭二十歳で若すぎる」

　何人かが声をそろえて言った。

「さすが『駒形』のお客さまです。皆さんは先ほどの席亭さんの話をお聞きになられたでしょう。だから二十歳の若さで、当会所の席亭を務められるのです」と言って甚兵衛は、島造と源八に笑い掛けた。「いかがでしょうか、お二方。ずっとお若い席亭さんが、なんとかお二人の顔を潰さないように、おだやかに持ち掛けてくださったのですから、お昼ご飯のまえにもどしていただく訳にはまいりませんでしょうかね。もちろん、そこまではかまわぬというのと、それ以上は絶対にだめだという一線がおありだと思いますので、てまえもむりにとは申しません。ただそれでも我を通されますと、本日お見えのお客さまの中には、お二人ともおおきな人物だと思っていたのに、意外と器がちいさいな、などと思われる方もおられるでしょう。家に帰られ、あるいは知りあいの方と酒を飲む折などに、つい気持を洩らされるかもしれません」

「もうよい、甚兵衛さん。わたくしもいささか冷静さを欠いていたように思う。べつに源八どのに遺恨がある訳でもない。昼飯まえにもどすになんの異存もない」

「ありがとうございます。源八さんはいかがですかな」

「もどすことに問題はありませんよ。普段でかい面しててんのにケツの穴のちいせえやつだ、なんて後ろ指を指されたくないしね」

「となれば、本日はこれだけの皆さまがお集まりですので、てまえはおもしろい趣向を思い付きました。間男、美人局、夜這いと、普段は話題に上らぬ、あるいは上らせることのできない、味わい深い言葉が出てまいりました。いかがでしょうかな、間男、美人局、夜這いについての色懺悔《いろざんげ》を披露していただければと思うのですが」

　笑いと拍手が起きた。

「もちろん若い方、男盛りの方の中には、今ひそかに進められている方もいらっしゃるでしょうが、なにせ相手がおありです。もしかすると本日お見えの中に、間男している女房のご亭主がお見えかもしれない。話したくてうずうずしておられるでしょうが、それはできません。ですから年輩の方、すでに相手がお亡くなりだとか、今さらだれにも迷惑が掛からぬというお方なら、遠慮はいらないでしょう。成功談だけでなく失敗談も、若い方にはおおいに参考になると思いますので語っていただきたいですな。こんなしょぼくれた爺《じい》さんに、これほど色っぽい昔があったんだと、驚いてもらうだけでも愉快ではありませんか」

「甚兵衛さんから頼んます」

「そうだそうだ、言《い》い出《だ》しっ屁《ぺ》だもんな」

「ありがとうございます。ですがてまえはいつになく喋りましたので、息切れしてとてもこれ以上は喋れそうにありません。どなたか血気盛んなお方、あるいは昔そうだった方、お願いできませんかな」

顔を見あわせて意味ありげな目をしたり、眉をあげてうながしたり、ざわざわするばかりで、一向に名乗り出る気配はない。

「間男、美人局、夜這いにかぎりませんよ。ほかにも味のある、風情を感じさせる言葉はありますでしょう。姫始めなんかも、闇の中で男と女の含み笑いが聞こえるようで、想《おも》いを掻《か》き立てますな。それに筆おろし、いい言葉ですなあ。やることは……なのに、筆おろしとなると、実に微笑《ほほえ》ましい。あたしの言うとおりにすればいいからね、などと言われても、ぶるぶると体の震えが止まりませんでしたものね。もう四十年も五十年も昔になる方もおられるでしょうが、ぜひ思い出してください。これまでに出した言葉にかぎりませんのでね」

「だったら甚兵衛さん、ぶるぶると体の震えが止まらなかったときのことを、話してくださいよ」

クスクス笑いが広まる。

そのとき手を挙げた者がいた。将棋会所には初めて顔を見せた、善六《ぜんろく》と言う三十代半ばの男だ。たしか子供相手に飴《あめ》を売り歩いているはずだが、噂につられ、仕事を休んでやって来た野次馬らしい。

「甚兵衛さんから話のあった筆おろしだがね、江戸ではどんなふうになさってるね」

一体なにが言いたいのだとでも思ったのだろう、だれかが善六に訊いた。

「どんなって」

「皆さんはてっきり、あたしを生粋の江戸っ子だとお思いでしょうが」

「いや、そんなことありませんて」

「一度も思ったことない」

「意外なことを」

「考えもできません」

「人を脅かさないでおくれ」

恐らく善六は軽い冗談のつもりで言ったのだろうが、矢継ぎ早に、それもあちこちでそんな声がしたので、さすがに肩を落とした。

「あたしは実は西のほうの生まれでしてね」

名前どおり善良な男のようで、正直に打ち明けたのである。

これについてもよく似た反応があった。

「でしょう」

「言わなくたってわかってた」

「江戸ふうに喋ろうとするんだけど、訛《なま》りはどうしようもないもの」

「九州までは行かないと見たんだが。中国か四国、それも瀬戸内寄りだと睨んだがな」

どうやら最後の指摘が的中したらしい。

「江戸では筆おろしがどうなのかと訊いただけでこうだから、話が聞けぬうちに日が暮れそうだ」

「町内の若い連中が集まってわいわいやってるとだれかが、どうだこれから吉原《なか》へ繰り出そうじゃねえかってんで、連れて行かれるとか」

「町内の若い連中が飲み屋で飲んでるときに、おい、こいつまだなんだよな、などとだれかが言う。あら、そう。だったらあたしが筆おろししてあげる。なにも心配しなくていいからさ、と二階、でなければ隣の部屋に連れて行かれる、とか」

「町内の兄貴分が、導きをしてくれるということだね」

善六がそう言うとだれかが直ちに答えた。

「まさに導きだ。色の道へ、手を引いて連れてってくれるからね」

「だけど、だれもがそうとはかぎらないよ。両親が出掛けてるときに、古顔の女中に、お坊ちゃま今日はちょっと変わったままごとをしましょうね、と言って蒲団に引きこまれたやつもいた。声を出したらだめでちゅよ、なんて頭から蒲団を被《かぶ》せられて、とか」

「おい、こいつは女中だとよ」

「あたしじゃなくて、友だちがそうだった」

「照れ臭いから、自分のことを友だちが、って言うやつが多いんだよな」

「後家さんに、男にしてもらったやつもいたな」

「ああ、三人がおなじ後家さんに面倒見てもらった、ってのもある」

「おなじ後家さんだったって、あとになってわかったのかい」

「三人とも同時にだよ。おなじ日に順番にってことだけどね」

「へえ、やはりジャンケンで決めたの」

「籤《くじ》引《び》きだそうだ。やはりってとこみると、おまえさんもおなじ口か」

「話が弾んでるようですが」と、甚兵衛が苦笑しながら言った。「ここは、善六さんの話を聞いてあげるのが先ではないですか」

「いや、花のお江戸の筆おろしで、おもしろい話がポンポン飛び出したので、あたしの話す田舎の筆おろしなんか、どうにも興醒《きょうざ》めではないかと」

「そんなことありませんよ。鄙《ひな》には鄙の味があり、って言いますから」

「若衆宿と言いましてね」

「へえ、そんな宿があんの。そこへ行けば男にしてもらえんだね」

「早とちりしないでくださいよ」

「そいつ、いつも早すぎるんだよ。かみさんがこぼしてた」

「ドッと笑いが弾《はじ》けた。

善六はどうにも話し辛《づら》そうである。いたようだ。甚兵衛が空咳《からせき》をしたので、ようやくみんなも気付いたようだ。

善六の村では十五歳になったら、だれもが若衆宿入りする。参加するのは十五、十六、十七歳で、初参加の十五歳以外は経験者ということだ。

秋葉山の神社の近くには土俵が造られていて、稲刈りが終ると火祭りがあり、相撲大会がおこなわれる。だが若衆宿は皐月《さつき》なので、土俵は半年以上も風雨に曝《さら》され荒れている。

若衆宿は秋葉神社近くの林の中に造られる、七日間のための仮小屋であった。十数人が暮らすのだから、小屋と言ってもかなり広い。飯を喰い、寝起きし、雑談しながら酒も飲む大部屋と、それとは離れて小さな部屋を設ける。

最初の二日間は寝泊まりのための仮小屋を造り、村から寝床に敷く藁束《わらたば》や米や酒などを運ぶ。茅《かや》などを束ねたものを並べて立て、周りを囲んで壁とし、出入口を造り屋根を葺《ふ》く。屋根は雑木の枝を重ね、多少の雨なら漏らないようにする。ほかには炊事や焚火《たきび》用の枯枝を集めるし、谷川から樽《たる》に水を汲《く》んで来るのも重要な仕事だ。

二日間でほぼ用意が整うので、三日目からが若衆宿の本番となる。若衆は順に初年組、二年組、三年組にわけられ、下の者は上の者に従わねばならず、逆らうことはできなかった。反抗などしようものなら、上の組の者全員から折檻《せっかん》を受けることになる。

朝昼晩の食事は手分けして作るが、食事前に、かならず村人としての掟《おきて》を唱える。徹底して頭に叩《たた》きこむということだ。

朝食がすむと、午前中は村人としてすべきこと、してはならぬこと、冠婚葬祭、年中行事、祭り、道の普請や堤防の維持と修復、村の共有山林の管理、田へ引く水の配分、ほかの村との揉《も》め事《ごと》の処理法、などあらゆることを三年組と二年組から教えられる。

昼食後は相撲を取り、さまざまな護身術で汗を流すし、釣りをし、罠で鳥や獣を捕らえる。そのほか、遊んだりしてすごすのであった。

夜は手分けして食事を作り、食べ終わると十五歳の初年組は初めて酒を飲ませてもらう。若衆宿で一番重要なのはこれからで、すでに経験のある先輩が、女の体とそれにまつわること、実際に寝たときのあれこれを教える。

これを毎晩、微に入り細を穿って聞かされ、火を噴きそうになっている若者たちは、最後の夜に女たちばかりからなる俳《わざおぎ》の一団の訪問を受ける。年齢は同年輩の少女から、年増、さらに母親ほどの年齢までさまざまであった。

俳である女たちは踊りを披露するが、それは次第に卑猥《ひわい》の度を強めていく。

女に寄り添われ、覚えたばかりの酒を飲みながら、胸元がはだけて乳房がポロリと出たり、裾が割れて白い腿《もも》やその奥がのぞいたりするのを見るのだ。頭の中では、前日まで先輩連中に教えられたことが渦を巻いている。若い体がそれに我慢ができる訳がない。一組ずつ、べつに設けられた小部屋に消えて、そこで男にしてもらうのであった。もちろん初年組だけでなく、二年組と三年組もこの日を心待ちにしている。このまえとおなじ人になるか、ちがう人か。それもある意味で楽しみだ。

その謝礼は、大百姓である村の世話役たちが払う。なぜなら若者は、村を背負うことになる共有の財産でもあるからだ。

それが若衆宿である。

六

聞き終えた江戸者たちは、感心しきりであった。

「なかなか良い仕組みだな。七日間、最後の日の夜だけはべつだが、女はおろか年寄りや子供とも一切関わらずに、若い男だけで過ごすんだろ。そんな機会なんて、一生のうちに一度もないもんな」

「江戸ではむりか」

「むりだろう」

「どっちがいいんだろうな。町内の先輩に連れて行かれるのと、若衆宿と」

「盛りあがってまいりましたが、どなたか色懺悔で錦上花《きんじょうか》を添えてもらえませんかね。半次《はんじ》さん、なにか言いたそうですが」

甚兵衛がそう言うと、半次はにやにやと笑いながら客たちを見廻した。前日、来ていなかった半次は、自分が源八の女房スミ絡みで話題になったことなど知りもしない。

「やめときやしょう。夫婦別れの元を作っちゃいけねえ」

言いながらふたたび見廻したが、そのとき源八と目があった。にやにや笑いをやめなかったので相手が険悪な顔になるのがわかり、甚兵衛は思わず言っていた。

「遠慮深い方ばかりですな。仕方ありませんので、誘い水として、てまえの失敗談をお一つ聞いていただくとしましょうか」

「遠慮することとありませんぜ。ここは一丁、武勇談を」

「いえいえ、失敗談しかございませんよ。失敗談とも言えませんな。間男になりそこなった、もっともそのお蔭《かげ》で命拾いしたという話ですので」

「命拾いとなるとおだやかじゃありません。ぜひ、伺いたいものです」

「間男するのに一番大事な勇気が足らず、間男になれなかったというだけで」

苦笑してから甚兵衛は語り始めた。

「てまえは浅草生まれの浅草育ちですが、若いころ同業に修業に出されましてね。奉公先の息子とおない年ということもあってすっかり親しくなり、豊島屋にもどって父親の手伝いをするようになっても、付きあいは続いておりました」

奉公先の息子は、父親があまり丈夫でないためもあるのだろうが、十九歳で二つ下の叶子《かのうこ》を妻としていた。そして父の隠居を機に、二十二歳で見世を継いで佐久兵衛《さくべえ》と名を改めたのである。

甚兵衛が二十六歳のときであった。佐久兵衛から、祭りに来ないかとの誘いがあったので出掛けることにした。

佐久兵衛の家は代々が町の世話役なので、祭りになると進行のためのさまざまな手配などで、なにかと多忙であったらしい。ところがその年、佐久兵衛は父親を亡くしていた。そのため祭りの表舞台に出ることを含め、一切の雑用を免除された。

つまり不幸を出した家は表立って祭りには参加させてもらえず、見物のみ許されていたのである。

嫁して七年が経《た》っていたが、叶子は子に恵まれなかった。それもあってか、祭り見物は夫婦と甚兵衛の三人で出掛けることになった。夏祭りなので浴衣に下駄《げた》、手に団扇《うちわ》で、佐久兵衛を中心に左右に甚兵衛と叶子、三人が並んでそぞろ歩いた。

「佐久兵衛はてまえどもの修業時代のあれこれを、おもしろおかしく話して二人を笑わそうとしましてね。すっかり忘れていたことを思い出させてくれたり、ある人物に対する考えがまるでちがっていたりで、てまえは懐かしくまた楽しかったのですが、叶子の笑いがまるで聞こえませんでした」と、そこで甚兵衛は客たちを見廻した。「こんな調子では退屈ですね。少し端折《はしょ》りましょう。茶店のまえで長腰掛けに坐って休んでますと、見世から小僧さんがやって来て佐久兵衛に耳打ちをしました。すぐもどるからと断って、佐久兵衛は足早に見世にもどりました。どうやら急な用ができたか、人が来たかしたようでしてね」

　さて二人切りになると、どうしていいかわからない。もともと挨拶を交わすくらいで、叶子とは会話らしい会話をしたこともなかった。商家の女将《おかみ》らしい愛想もなく、控え目でいつも寂しそうな顔をしている。

　どちらも黙ったままなので、次第に気詰まりになり、仕方なく甚兵衛は話し掛けた。

「佐久兵衛はいいやつだから、やさしくしてくれるでしょう」

「はい。ですが」

「ですが?」

「いえ。いいんです」

「よくありません。もしも、てまえにできることでしたら、佐久兵衛に言ってやりますから」

「ありがたいお言葉で、お気持だけでもうれしゅうございます」

「そんなふうにおっしゃられると、却《かえ》って気になりますよ」

「ごめんなさい、甚兵衛さん」

「謝られても困ります。できることはかぎられてるでしょうが、なんとかお役に立ちたいんです」

「佐久兵衛さんはやさしいのです」と、ひと呼吸置いて叶子は言った。「だれに対しても」

だれ、が女性だとの察しは付く。子供に恵まれないこともあって、叶子はそれが不安でたまらないのではないだろうか。

甚兵衛の表情から話を聞いてもらえるかもしれないと判断したのかもしれない。叶子は必死な目を向け、甚兵衛に訴えたのである。

「むりなお願いですので、断っていただいてもけっこうですが、もしよろしかったら相談に乗っていただきたいのですけど」

そんな言い方をされたら、断ることなどできないではないか。

「わかりました。伺いましょう」

「ありがとう存じます。ですが、どこでもという訳にはまいりません。特にこのような場所ではとても」

「当然ですね。では、どうすれば」

叶子が日時とともに指定したのは、池之端の水茶屋の名であった。甚兵衛は利用したことはなかったが、男女の逢引《あいびき》きに用いられることで知られた見世である。

「願いを聞き届けていただけますね」

哀訴する目で見詰められては、だめだとは言えない。うなずくと、叶子は安堵《あんど》の溜息を漏らした。そのとき、足早にやってくる佐久兵衛の姿が視野の片隅に入った。叶子が声をひそめてささやいた。

「あたくし、ずっと甚兵衛さまをお慕い致しておりました」

そこに佐久兵衛がもどって二人だけにしたことを詫《わ》びたのだが、その日の、あとのことを甚兵衛はなにも憶《おぼ》えていない。

「悩みに悩みましたが、てまえは約束の日時に水茶屋にまいりませんでした。修業時代の苦楽をともにした佐久兵衛を、裏切ることなどできないというのが理由でした。ですが据え膳を喰わなかったのは、やはりてまえに勇気が足りなかったからでしょうね」

「それで終わりじゃないよな。なぜ命拾いしたかを、聞かせてもらいやしょう」

「はい。とても辛いことではありますが、話さなければわかっていただけません」と、そこで区切ってから甚兵衛は続けた。「三月後に叶子は、佐久兵衛の幼馴染《おさななじみ》と無理心中しました。池之端の、てまえを誘った水茶屋で。どうやら前途を儚《はかな》んでの、覚悟の上でのことではないかと、町奉行所の検視役の同心が言っていたとのことでした。併《あわ》せ剃刀《かみそり》と言って、二枚を重ねた剃刀を使うと、まず失敗しないそうですね。一枚だと手の震えなどで逸《そ》らしてしまうそうです。約束を守っていたら、おそらくわたしは助からなかったでしょう」

思いもしない結末に、客たちはぼんやりと畳や、まえの男の背中などを見ていた。

浅草観音で時の鐘が七ツ（四時）を告げたのは、そのときであった。

「おやおや、もうこんな時刻になったのですか。てまえの話は色懺悔とはほど遠いものでしたが、あっというまに夕暮れになりましたね」と、甚兵衛が言った。「いかがです、素七さん。間男を川柳で締め括ってくださいよ」

「そうですなあ」と、少し考えてから素七は言った。「して楽し話して楽し間男は、ですかな。それよりあたしゃ、甚兵衛さんのを聞きたいですよ」

「間男は話して楽しすればなお、ってとこでしょうか。間男になり損ねただけに、すればなお、となるのでございますよ。となると、最後は島造さんに」

「間男は話すだけなら怖くなし、あまりいいできではありませんが、この辺にしておきましょう」

そして客たちは帰って行った。朝のうちは何組かが将棋を指していたが、次第に話を聞くようになっていた。そして午後になると、だれも将棋を指さなかったのである。

甚兵衛が居残った理由が、信吾にはわかっていた。

「あれほど盛りあがろうとは、思うてもおりませなんだ」

甚兵衛がそう言ったので、信吾はさり気なく受けた。

「どんなかたちであれ、人が集まるのはいいことだと思いますよ」

「今日だけだと思いますが、しかし、なんと言っても将棋会所ですからね、こちらは。本来の姿にもどしませんことには」

もともと自分で将棋会所を開きたかったのに、甚兵衛は年を取ったので若い信吾に託したのである。

信吾が本腰を入れたいのはよろず相談屋で、それを続けるために日銭を得る目的があった。それと人が集まれば、相談屋をやっていることに気付く者も増えるだろう。周辺に悩んでいる知人がいれば、紹介してもらえることもあるはずだ。

ただ、現状ではうまく機能していない。だから内容が間男談議であろうと、信吾には客が集まること自体がうれしかった。

そこが甚兵衛とはちがっている。

「将棋会所ですからね。将棋を知らない人がここに話を聞きに来て、見ているうちに将棋に興味を持つようになるかもしれません。ですから甚兵衛さん、もうしばらくようすを見ることにしましょうよ」

「席亭さんがそうおっしゃるなら、反対はしませんが」

言いながらも甚兵衛は、どことなくもやもやしているようであった。

「それにしても、甚兵衛さんのお話には驚かされました」

「席亭の信吾さんを騙せたとなると、てまえの話芸も捨てたもんじゃありませんね」

「え、どういうことですか」

「場の流れがおかしくなり掛けたので、咄嗟《とっさ》に思い付いた話を」

「作り話ですって。とてもそうとは思えませんでしたが」

「だれかがその気になって調べたら、すぐわかることです。若いころ修業に出されましたが、奉公先の息子夫婦の名は、佐久兵衛でも叶子でもありません。それに二人は五人の子宝に恵まれましたからね」

「そうでしたか。どうせ大風呂敷を拡《ひろ》げるなら、だれもが驚くような、凄い話をでっちあげればよかったのに。吉原一の花魁《おいらん》が甚兵衛さんといっしょになれなかったら、あちきは生きてはいられません、と泣いて訴えたとか」

「そこまでいくと法螺話《ほらばなし》になって、だれも信じちゃくれません」

「たとえ嘘《うそ》であっても、いや、作り話だからこそ、それらしさがなければならないということですね」

「しかし、今日のあれはどうでしょう。人が集まるのはいいですが将棋会所ですからね、もう少し若い将棋好きが集まる工夫と努力を、せんといかんのではないでしょうか」

そう言い残して甚兵衛は帰って行った。

ところであれは、本当に甚兵衛の作り話なのだろうか。影は薄そうなのに、短い遣り取りの中に、ふと叶子の寂しげな表情が垣間見えた気がした。

作り話ではないのかもしれないな、と信吾は思ったのである。

鬼の目にも

一

手許《てもと》が薄暗くなりかけると、将棋会所「駒形」の客は順に姿を消す。

少しでも明るい所でと障子際に移動して指していた最後の一組が、「では、また明日」と帰って行った。

「お待ちしております」

客を見送った小僧の常吉が、格子戸を閉めようとして、呆《あき》れたような声をあげた。

「なんだ、まだ居たのか。餌はないと言っただろ」

ワンワンと犬が吠《ほ》えた。

「鳴いたってだめだってば」

そう言って常吉は戸を閉めようとしたが、信吾は「生き物を邪険に扱うものではありませんよ」と小僧を窘《たしな》めた。なぜならかれの耳には、まったくちがって聞こえたからである。

――ガキでは話にならん。

ということは信吾に話があるのだ。

「いいから、常吉はいつものように片付けておきなさい」

「駒形」では客が帰ると、翌日に備えて将棋盤と駒を布切れで拭き清めていた。

「へーい」

入れ替わって信吾が外に出ると、犬がじっと見あげていた。それにしても立派な体格をしている。普通の犬の一倍半はありそうだ。しかも真っ白で差し毛が一本も見られない。

白犬は人に近いというが、まさか人になりたいというのではないだろうな、と思わず苦笑した。

――用があるなら、ひと声掛けてくれたらよかったのに。

最初に姿を見掛けたのは昼ごろだったから、二刻《ふたとき》（約四時間）近く待っていた計算だ。随分待っていたんだろう。

――仕事中に邪魔をする訳《わけ》にゃいくめえ。それにしても、「よろず相談屋」のあるじさんにしちゃ、やけに若えな。

以前は鳴き声が信吾には人の言葉として聞こえたのだが、最近では黙っていても気持を伝えあうことができるようになっていた。お蔭《かげ》で、吠える犬や囀《さえず》る鶯《うぐいす》に話し掛けて、他人《ひと》さまに変な目で見られることも少なくなった。

犬の言い方からすると相談に来たということになるが、はたして看板の文字が読めたのだろうか。それよりも相談料を払えるのかしらん。払えるとしても、一体どのようにして払うのだろうか。

——タダで相談に乗ってもらおうなんて虫のいいことは思っちゃいねえが、それも含めて聞いてもらいてえんだ。

おっといけない、考えを読まれた訳ではないだろうが、気を付けなければな。

——わかった。駒形堂《こまんどう》は知ってるね。

——あたぼうよ。こう見えても浅草の生まれだぜ。

——じゃ先に行っておくれ。すぐあとを追うから。

白犬は勢いよく駆け出した。

将棋会所は客も増えたが、「よろず相談屋」は相変わらず開店休業に近い。こうなれば犬だって立派なお客さまではないか。相談料を払うと言明した訳ではないが、それなりの礼はするとの含みであった。本当に払えるだろうかとの不安はあるが。

「常吉」

「へーい」

「いつものように片付けておくのだよ。そんなに掛からないと思うが、六ツ（六時）までにもどらなかったら先に食べてなさい」

念のために鎖双棍《くさりそうこん》を懐に忍ばせて駒形堂に急いだが、三町半（四〇〇メートル弱）ほどの距離なのですぐに着いた。

白犬が坐《すわ》るようにと、石の一つを顎で示した。相談に来たにしては態度がおおきいと思ったが、信吾はすなおに従った。なにしろ相談屋としては久し振りのお客さまなのだ、もっとも「但し」が付きはするのだが。

——看板が読めたのがふしぎでならねえらしいが、驚くなかれ、いや、これはおおいに驚けって意味あいだがな。

犬がこんな言《い》い廻《まわ》しをしただけでも信じられないのに、信吾はさらに驚かされた。なんとついこのまえまで人間だったのに、突然、犬の体に閉じこめられたというのである。なだから犬の姿はしていても、心は人のままだそうだ。

まさか、そんな馬鹿なことがあるはずがない。

犬が勝手に思いこんでいるだけではないのか。なまじ生き物と話ができるだけに、事実なのか相手の思いこみなのか、信吾には判断できないところもある。

——新次郎《しんじろう》。

——信じろたって、急にそう言われても。

——勘ちがいするのはむりもねえが、新次郎はおれの名だ。シンは新しいで、次郎はツギ郎だ。

——新次郎さん、か。

——芸人でな。幇間《たいこもち》ってわかるかい。

——男芸者と言われてる、あの芸人でしょうか。

——新次郎は通称で、芸名は宮戸川《みやとがわ》ぺー助《すけ》と言う。ま、知らんだろうがな。

知っている訳がないが、それよりも宮戸川は両親がやっている料理屋「宮戸屋」の名とほぼおなじである。一瞬、からかわれているのかと思ったが、犬に閉じこめられた幇間にすれば、揶揄《やゆ》する余裕などとてもではないがないだろう。

あッ、そうか。そのことで相談に来たのだな。驚きが強すぎたので、いくぶんというより、すっかり冷静さを欠いていたらしい。

宮戸屋の客には幇間を連れて来る者もいるが、見世の手伝いをしない信吾はぺー助を知らなかった。親許を離れて「駒形」と相談屋のあるじとなってからは、ますます縁遠くなっている。

それはともかく、話は簡単に終わりそうにないと信吾は腹を括《くく》った。

——てまえは信吾と申しますが、なんとお呼びすればよろしいでしょうか。

まちがいなく年上で、しかも芸人。そしてお客さんとなると、商人《あきんど》の子の信吾はどうしても下手に出てしまう。

——今さらどうでもいいが、呼んでもらうとすりゃ、やはりぺー助だなあ。

そのような遣《や》り取《と》りがあって、信吾はぺー助が「よろず相談屋」を訪ねて来た経緯《いきさつ》を聞くことになった。

客の供をして明るいうちから新吉原で遊んだペー助たちは、五ツ（午後八時）すぎに大門を出て駕籠《かご》で山谷堀に向かったのである。そこで船を仕立てて鉄砲洲に着くと、船松町の船宿で飲み食いして真夜中に釣船を出した。

夜の白々明《しらじらあけ》に芝の浜の袖ヶ浦でアオギスを釣ろうとの趣向なので、六人分の脚立《きゃたつ》を積みこんであった。長さ一丈（三メートル強）もある脚立を二つ組みあわせて浅瀬に立て、それに登って釣るのである。坐れるように、二本の脚立の中ほどより上に、板を渡しておく。

なぜ脚立釣りをするかと言うと、アオギスは異常に警戒心が強く、船影を嫌い、錘《おもり》の着水音にも敏感に反応するからだ。

皐月《さつき》の心地よい風に吹かれながら釣りを楽しんだあとは船松町の船宿にもどり、釣果を自慢しあって料理してもらった。そしてお決まりの酒宴に進む。

釣りが主な目的だったので、その日は早めに引きあげた。

ペー助が長屋にもどったのは六ツ半（午後七時）ごろであったが、もどる時刻は伝えてあったので、腰高障子は半分くらい開けてある。

「おい、もどったぞ」

いつもどおり声を掛けたが、出て来た娘のスズは返辞の代わりに甲高い叫び声をあげた。

「なによ、この野良犬。シーシー、出てけ。厚かましいったらありゃしない」

「なに言ってんだよ。ほら、楽しみにしてたお土産だぞ」

言いながら手を差し出したが、そこにぺー助が見たのは折詰の紐《ひも》をさげた自分の手ではなく、毛むくじゃらな犬の前脚であった。しかも折詰は影すらなかったのである。

うろたえるぺー助を睨《にら》んだまま、スズは背後に声を掛けた。

「母さん来て。薄汚い野良犬を追い出してちょうだい。気色が悪いったらありゃしない。あたしに向かって吠えんのよ」

すぐに女房のセツが出て来たが、名を呼ぶ暇もなく悪罵が降り注いだ。

「まあ、目付きが悪い野良犬だこと。水ぶっ掛けてやる。水よりお湯がいいわね。ちょうど沸いたところだから」

お湯をぶっ掛けられてはかなわないので、セツの声を耳にするなり、犬のぺー助はたまらず長屋を飛び出した。

混乱して訳がわからないが、自分が幇間の宮戸川ぺー助でなく、一匹の野良犬の姿をしているらしいことはなんとか理解できた。いや、野良犬になったことを認めるしかなかったのである。

それにしてもいつ、どういう事情でこんなことになってしまったのだろう。

船松町の船宿からは釣船でなく屋形船で、永代橋の手前で堀に入った。日本橋に近い桟橋で室町に見世を持つ旦那が降り、船はそのまま大川に出た。ペー助は途中、吾妻橋の近くで降ろしてもらったのである。

船宿を出るときはたしかに人の姿をしていた。いや、日本橋で旦那を見送り、吾妻橋で船を降りたときも人であった。

船頭に「気を付けてお帰りなされ」と言われたのだが、まさか犬にそんな言葉を掛けはしないだろう。となると陸《おか》にあがって長屋に帰るあいだ、せいぜい千歩ほど歩くうちに、犬になってしまったということになる。

まったく身に覚えがない。当たりまえだ、長屋に入ったときだって、宮戸川ペー助のつもりで娘に話し掛けたのだから。

予兆はあっただろうか。

その日いち日、それから前日、前々日、五日まえ、十日、半月、ひと月と思い起こしたが、変なこと、予感させるようなことはなかった。虫の知らせもなければ、それらしき夢見もなかったのである。

あるいは天のくだした罰だとして、では人の道に悖《もと》るようなことをしただろうか。嘘《うそ》を吐《つ》いたり騙《だま》したり。

それなら掃いて捨てるほどある。でなければ幇間など、一日だってやっていられる訳がない。しかし師匠の下で修行に励み、一人前になってからを入れると、併せて二十五年になる。悪意はないにしても、どれだけの嘘を吐き、人を騙したことだろう。

嘘と騙しが理由なら、もっと早く犬になっていたはずだ。

これと言って思い当たることはないし、幇間がよくないというなら、世の幇間はみな犬に、いや犬とはかぎらないかもしれないが、獣や鳥、それとも魚や虫、ともかく人以外に姿を変えてしまうだろう。

仮に犬になるとしたら、すべての幇間が犬になってしまうはずだ。たしかに自分の手は犬の前脚になってしまった。娘の言葉からすると、脚ばかりか全身が犬の姿をしているらしい。話し掛けても、相手にはワンワンとしか聞こえないのだ。それなのに、心というか気持は人のままである。

いや、自分でそう思っているだけで、姿だけでなく心まで犬になってしまったのではないだろうか。

そもそも人と犬のちがいは、恰好《かっこう》が異なるだけなのだろうか。雄犬は片脚をあげて小便するが、人間の男だって立小便をするではないか。特に酔っ払うと、「小便するな」と書かれた鳥居の絵をねらい打ちする。

そう言えば、擦れちがった男の目はまさに野良犬を見る悪意に満ちた目でしかなかった。

身の置き所がなくなった気がして、ペー助は一番近い稲荷社の狭い境内に取り敢《とあ》えず避難した。

一から百まで数えてみた。まちがえることも、途中を飛ばすこともなく数えることができた。

自分は人間だ。

しかし、と思った。人ができる訳がないと思っているだけで、犬だって数は数えられるかもしれない。だがいくらなんでも「外郎売《ういろうう》り」を知っている犬はいないだろうと、口慣らしや声出しの練習でやる台詞《せりふ》を、早口言葉のように唱え始めた。

「拙者親方と申すは、お立会の中《うち》に、ご存じのお方もござりましょうが、お江戸を発《た》って二十里上方《かみがた》、相州小田原一色町《いっしきまち》をお過ぎなされて、青物町を登りへおいでなさるれば、欄干橋虎屋藤衛門《らんかんばしとらやとうえもん》、只今《ただいま》は剃髪《ていはつ》致して、円斎《えんさい》と名乗りまする……」

それ以上続けられなかった。自分は一体なにをやっているのだ、との思いが不意に湧きあがったからだ。

それよりもこれから先、どうやって生きて行けばいいのか。

長屋にもどって訴えようにも聞いてくれるはずがなく、追い払われるのは火を見るよりも明らかだ。

そのとき不穏な空気を感じた。不穏どころではない。殺気だ。

鳥居のほうを透かし見ると、闇の中でいくつもの目が光っていた。五、六匹ほどの野良犬どもが牙を剝《む》きながら、低い唸《うな》り声を発している。

やつらにすれば、余所者《よそもの》が縄張りを荒らしに来やがった、許しちゃおけないということだろう。

素早く四囲を見廻した。境内は狭く出口は一箇所、鳥居の下だけである。背後は賽銭《さいせん》箱《ばこ》をまえに置いた祠《ほこら》で、金額と寄付をした人の名を刻んだ御影石《みかげいし》の列柱を、やはり海鼠《なまこ》板状《いた》の御影石が押さえた囲いが取り巻いている。

やるっきゃない。

これでも幇間になるまえは、浅草界隈《かいわい》ではちっとは知られた兄さんだった。ヤクザ者が四、五人掛かってきても、まず負けたことはない。芸人になってからも、芸はともかく、腕力では一目置かれている宮戸川ぺー助だ。

相手は満足に腹を満たしていない、痩せた野良犬どもではないか。そんな連中が何匹来ようが、負ける道理がないのだ。

腹がグーッと鳴った。

大事のまえだというのに情けない。

昼間、芝の袖ヶ浦の浜から船宿にもどり、釣ったアオギスを天婦羅や刺身にしてもらって喰《く》ってから、なにも口に入れていないのである。長屋にもどって一家団欒《いっかだんらん》、さあ、腹が満たせると思っていたら、追い払われてしまったからだ。

しかし、空腹がどうした。

喧嘩《けんか》慣れしたぺー助さまだぞ。

必勝のコツはわきまえている。ねらう相手は一瞬で決まった。

連中は数を恃《たの》んでいることもあって油断している。総掛かりで来るまえに、親玉を叩《たた》き潰せばいい。ただし、一瞬にしてである。それを失敗《しくじ》って、長引くと厄介なことになってしまう。

暗くて毛色まではわからないが、ひときわおおきなやつが親玉だと見当を付けた。

ぺー助は石畳に飛び出した。胸を張り、頸《くび》をあげてできるだけおおきく見せる。同時に凄《すご》みのある目で睥睨《へいげい》した。

お、かなり手強《てごわ》そうだと、連中の目に怯《ひる》みが浮かんだのを見た。よし、勝てた。こうなりゃ、こっちのものだ。

鉄砲玉のような勢いで目を付けておいた親玉に飛び掛かると、逆らう間もなく組み伏せてしまった。同時に咽喉《のど》の奥で凄みのある声を発する。

――おれをその辺の野良と思っていたら、痛い思いをすることになるぜ。おとなしく従うなら面倒を見てやってもいいが、盾突くってなら容赦はしねえ。どうだ、逆らうやつはいるか。

——わかった、兄ぃ。言うことを聞くから放してくんねえか。苦しくてならないよ。

組み敷いていた親玉が哀れな声を出したので、それで決まった。

——よし、すなおなところが気に入った。

ペー助は組み敷いたやつを放免してやった。犬は強いやつにつくので、ほかの連中は元親玉に「右へ倣え」である。

——ところで兄ぃ、いえ、親分。お名前はなんとお呼びすればよろしいんで。

考えてもいなかったので、一瞬の間を置いた。

——鬼新《おにしん》と呼ばれておる。理由までは知らん。

通称の新次郎の新に、強そうな鬼をくっ付けただけだ。知恵がないが、とっさのことだから仕方がないだろう。

ということで新次郎こと幇間の宮戸川ペー助は、吾妻橋から西、北は金龍山浅草寺境内と奥山、西は東本願寺の西側を流れる堀、南は浅草御蔵《おくら》の辺りまでの、野良犬の親玉となったのである。

信吾の将棋会所「駒形」や「よろず相談屋」、両親が営む会席、即席料理の「宮戸屋」などは、鬼新ことペー助の支配下に入ったことになる。もっとも地域の犬だけで、人は含まれていないが。

二

――ま、なんとか生きていくだけの目処《めど》は付いたが、なに一つとしてケリは付いちゃいねえ。

ペー助がつぶやいた。

若い男女が互いの腰に腕を廻しながら駒形堂の裏に来て、信吾と大柄な犬がいるのに気付いたようだ。ぎょっとなってすぐに姿を消した。

目のまえ十間（約一八メートル）ほどの水面《みなも》を、屋形船がゆっくりと滑って行く。顔を寄せあった男女の影が障子に浮かんでいた。

訳もわからぬまま犬になってしまった、いや犬にされたペー助には、なんともやるせないことだろう。

――旦那のお供であちこちの座敷や料理屋に行くので、この界隈じゃどこが美味《うま》い料理を出すかよく知っている。だもんで裏口に廻り、捨てられた残りもんを子分どもに喰わせてやった。喧嘩が強いこともあるが、美味い残飯の在りかに詳しいおれの評判は、案外といいんだ。

――そうでしょうね。

野良犬にすれば喰うことくらいしか楽しみはないにちがいない。あとは雌犬の尻を追っ掛けることか。

ペー助は美味い料理屋の名を次々と挙げて行った。どの見世も定評のある一流の老舗や、腕っこきの料理人が暖簾《のれん》を出している見世ばかりである。

四軒、五軒、六軒と名が挙がるが、一向に宮戸屋の名が出ない。父の正右衛門は事あるごとに料理人の喜作《きさく》を浅草一、いや江戸で一番と言って自慢しているが、勝手に広言しているだけで世評はそれほどでもないのだろうか。

信吾は心が沈んでしまい、いささか顔色が悪くなった。もっとも暗いので、ペー助に気付かれる心配はない。

――いろいろと名を出したが、うめえなあと思うのは。

いよいよ宮戸屋の名が出るかと期待をこめて、信吾は思わずペー助の横顔を見た。気付いた相手もちらりと信吾を見、そして言った。

――並木町の深田屋《ふかだや》だな。

ガックリと肩を落とすしかなかった。信吾が「よろず相談屋」を開いてから、深田屋の長男粂太郎《くめたろう》が相談に来たことがある。しかもぬけぬけと、こう言い放った。

「厭《いや》でたまらぬ家業を弟に押し付け、しかも勘当されることなく、自分のやりたいことをやる方法を教えてもらいたい」

つまり信吾のことを、そんなふうに捉えていたということだ。信吾が追い返す形となり、粂太郎は一度払った相談料をかっさらうように懐に入れると、帰って行ったのである。

——深田屋は、今の代で終わるかもしれないな。

と、思わず信吾は言ってしまった。

——どうして。あんだけ繁盛してんのに。

——跡継ぎの粂太郎ってのが、まじめに継ごうとしてないからね。

——へえ、そうかい。それは知らなんだ。ともかく料理屋は数あれど、おれに言わせりゃ、ダントツはなんたって宮戸屋だな。

——えッ。

まさかこんなところで宮戸屋の名が出て来るとは、思いもしなかった。深田屋の名が出たので気落ちしていたのだ。そんな信吾の気持など知る由もなく、ぺー助は続けた。

——だれだってそう言うだろうよ。

——へえ、そうなんだ。

さり気なく言ったが、飛びあがりたいくらい信吾はうれしかった。味にはうるさ型が多い幇間の一人が太鼓判を捺《お》したのだから、本物ということだ。

——なんたって料理の味が群を抜いている。だがな、宮戸屋の評判がいいのは、料理だけじゃねえんだ。

綻《ほころ》びそうになる頬を引き締めて信吾は言った。

――だって料理屋は、なによりも味じゃないですか。

――宮戸屋がすばらしいのは料理人の腕、出すもんの味がいいだけじゃねえ。人だよ。人柄だ。旦那がいい。女将《おかみ》がいい。大女将がいい。それに奉公人がいい。あれだけ客の身になってもてなしてくれる見世は、江戸広しと言えど宮戸屋だけだろうぜ。

旦那の供をしてあちこちで遊び、知られた料亭で飲み喰いしている幇間が言うのだから、「江戸広しと言えど」に重みがある。

両親や祖母、料理人の喜作やほかの奉公人が知ったら、どれほど喜ぶことだろう。ところが信吾はぺー助に、自分が宮戸屋の倅《せがれ》だとは言っていない。となると、うっかり口にできなくなってしまった。

うれしさを押し殺してさり気なく言う。

――ふうん、宮戸屋がねえ。

――おれが宮戸川ぺー助って名だから、宮戸屋を贔屓《ひいき》にするんじゃねえぜ。ところで信吾。

――は、はい。

――宮戸川ってのはな、大川、つまり墨田川の浅草近辺、ちょうどこの駒形堂のまえから、吾妻橋の上流《かみて》辺りを特にそう呼んでいるのだ。

——へえ、そうですか。ぺー助さんは、さすが芸人だけあって物識《ものし》りですね。

宮戸屋の息子である。それくらい知らぬはずがない。だが信吾は、ぺー助の口からもっと宮戸屋の褒め言葉が出ると思ったので、気持よく喋《しゃべ》ってもらいたかった。

舌で口の周りを舐《な》めてからぺー助は言った。

——しかし残念なことに、宮戸屋も今の代でお終《しま》いか。

不意討ちであった。このようなどんでん返しが待っていようとは、思ってもいなかったのである。

——で、でも、どうしてですか。

——さっき信吾が言った、深田屋とおんなじよ。跡取りがとんでもねえ馬鹿らしい。

——馬鹿、ですか。

——馬鹿さ。馬鹿も馬鹿。類を見ねえ大馬鹿野郎さ。あんないい店の跡を継ぐ気がねえってんだから、呆れてものが言えねえほどの大馬鹿だぜ。

それにしても盛大に、馬鹿を並べてくれたものだ。

——でも、宮戸屋は弟が継ぐとのことですよ。兄は大馬鹿かもしれませんが、弟はとてもまじめな若者のようですから。

——まだ幼いんだろ。

——今年、十七になったそうです。

——ガキじゃねえか。

そこでペー助は口を噤《つぐ》んだ。しばらく待ったが、一向に喋る気配がない。

——どうなさいましたか、ペー助さん。

——たいへんなことに気付いちまった。弟とやらが見世を継いで、料理の味と客へのもてなし方を引き継いだとしてもだ、おれはそれを味わうことができねえじゃないか。

こんな姿で宮戸屋の座敷にあがれるかい。

そう言ってペー助は両手を、いや両脚を振りあげた。

——むりでしょうね。

——そのことに気付かされたのよ。地獄に落とされたのとおなじことじゃねえか、そうだろうが。

——いけない。

——どしたい。

——ペー助さんは、そういうことを含めて相談にいらしたんですよね。それなのにてまえは、取り留めないことばかり話して。あッ、そのまえにペー助さんは、どうして「よろず相談屋」のことをお知りになられたんですか。

——子分の一匹に教えられた。

——どういうことでしょう。それに子分の方はなぜご存じだったのですか。

——野良犬だぜ。子分の方かよ、方って言い方はなかろうが。

——え、ええ。そう言えばそうですね。

——おれがポツリとつぶやいたからだ。

——一体なにを。

——おれたち犬には人間の考えてることがわかるのに、人間にはなんでわからんのだ、とおれが言ったと思いねえ。せっかく話し掛けても、「ワンワン鳴いてうるさいたらありゃしない」と言いやがる。だったら目顔で「おとなしくしてますから、どうか蹴ったり、いじわるしたりしないでくださいね」と伝えても、「そんな恨めしそうな目で睨むんじゃねえ。野良公め」と、いきなり蹴るし、でなきゃ石を投げ付ける。なんて鈍いやつらなんだ、とおれが言ったのよ。

するとと子分の一匹が、朗報をもたらしたのだと言う。

——朗報、ですか。一体どのような。

——たしかに人間って生き物は鈍くて、自分勝手で、生き物の気持など知りたいとも思わないし、その努力もしませんが、全部が全部って訳じゃありませんぜ、鬼新親分、と言ったのだ。

訊《き》いてみると、犬と話せる人間が大川沿いの駒形堂の少し南に住んでるそうです、と教えられた。子分の言うことが本当で、その人物がもしも犬と話せるとしたら、遣り取りを聞かれて自分が本当の犬ではないことが発覚してしまう。

そう考えたペー助は一人（と言うべきか、それとも一匹と言ったほうがいいのか、ともかく単独）で、やって来たのだという。

――すると、思いもしなかった「よろず相談屋」の看板が掛かっている。犬の言葉がわかる上に、相談に乗ってくれるとなると、おれの悩みは一気に解消するかもしれんってことじゃないか。これほどうれしいことはなかったぜ。

信吾には思い当たる節があった。

――ひときわおおきい元親玉ってのは、明るい茶色の毛をしてませんか。

――そうだが。

――茶色にぼんやりした縞模様《しまもよう》があって、陽《ひ》が当たると燃え盛る炎のように見えるでしょう。

――そうそう。だが、なんで信吾が知ってんだ。

――そいつは赤犬って呼ばれてるんですよ。なんでも半分狼の血が入ってるらしくてね。浅草寺の境内で話したことがあります。

――だから信吾が犬と話せると、知ってたってことだな。

――本当にふしぎなご縁ですね。

いけない、またしても脇道に入ってしまったと、信吾は反省して話を本筋にもどした。

――ペー助さんの事情は、ほぼ、わかりました。でしたらなぜ、もっと早く打ち明けてくれなかったのです。

――なんの説明もせずに、のっけから話してみろ、信吾だって信じられんし、こんぐらがっちまうだろうが。

――それもそうですね。

――できれば人にもどりたい。なんの前触れもなく犬にされちまったんだから、人に還《かえ》れねえこともなくはないかもしれん。だがこればっかりはどうなるかわからんし、あまり高望みをしねえほうが利口だ。ただ、どうしてもなんとかしたいことがある。たった一つだが、なんとしても叶《かな》えたいのだ。

ペー助はこれまでに見たこともない、切実きわまりない目で信吾を見た。

――おかみさんのセツさんと、娘のスズさんのことですね。

――信吾に、じゃなかった、信吾さんに相談してよかったぜ。

――信吾でいいですよ。

話しているうちに、やるべき手順はほぼ思い付いていた。それをペー助に話して確認すれば、さらにいい考えが浮かぶかもしれない。

――吾妻橋に近い長屋でしたね。

——浅草花川戸町の武助店《ぶすけだな》だ。花川戸町は道を挟んで東西にあるが、北に向かって右側だからな。越中屋という米屋の横を入った所だ。

——長屋にお邪魔して、まずてまえがまともな人間であること、少なくとも怪しい者でないことをわかってもらいます。

——それから、このまえ来た白い野良犬は実は宮戸川ぺー助だと打ち明けるのだな。

——追い払われたのでしょう。急にそんなことを言ったら、とんでもないやつが来たと、てまえも追い払われます。

——じゃ、どうしようってんだ。

——ご亭主がお帰りではないのではないですか。さぞやご心配でしょうね、と切り出します。一番気懸かりなことですから、ともかく話を聞いてみようと思ってくれるはずです。

——なるほど、若いのに考え深いな。

——でなければ、「よろず相談屋」の見世は張っていけません。

ここは一発、見栄を張った。

もっともこの段階では、ぺー助から金がもらえるかどうかは不明である。それに一体、いかにして犬に金の工面ができると言うのだ。

今さらそんなことを言ってはいられないのだが、ともかく続けるしかない。

──てまえが怪しい者でないとわかってもらって初めて、先日の六ツ半にこちらに来て驚かせた白犬は、ご亭主の新次郎さん、つまり宮戸川ペー助さんですと打ち明けるのです。

──信じるだろうか、セツのやつ。

──信じる訳がありません。

──おいおい。

──だって犬ですよ。信じろと言うのが土台むりでしょう。しかも、見たこともない犬なんですからね。

言った瞬間に信吾は後悔した。

そこまで落胆するかと思うくらい、ペー助が悄気《しょげ》返ってしまったのである。体格の良い犬だけに、まるで萎《しぼ》んでしまったようで哀れでならない。

長いあいだ黙っていたペー助が、やがてポツリと言った。

──だよな。見たこともない犬だもの。おれだなんて、わかる訳がねえ。

目が潤んでいるのだ。しかも鼻も湿っている。犬だから鼻が湿っているのは当たりまえだが、目の潤みと組みあわさると、哀しみが倍ですまずに、三倍にも四倍にも感じられた。

なんだか全身がむずむずとして、とうとう堪《こら》え切れなくなってしまった。

こうなればなんとしても喜ばせたい。切実に信吾はそう思った。ぺー助の笑顔を見たいのだ。笑わせるのはむりでも、せめて安心させたい。それよりもなによりも、こういう困り切った者を救うことこそ、「よろず相談屋」の使命ではないか。

よし、相談料は度外視して、なんとしてもぺー助の悩みを取り除いてあげよう。

とは思ったものの、冷静に考えるまでもなく、これほど困難なことはない。だからといって黙っている訳にはいかないのだ。

——セツさんは怒り狂われるはずです。塩を撒《ま》かれるとか、水をぶっ掛けられるくらいは覚悟していますが、それではすまないかもしれません。いえ、すむはずがありませんよ。

——大丈夫か、本当に。

——ええ。

——空元気《からげんき》じゃねえのか。なんだか顔が強張ってるぜ。

信吾はおおきく息を吸って、少しずつ、ゆっくりと吐き出した。吐き終わると、それまでの昂《たかぶ》りが消えていた。

——女の人はですね、怒り狂い、なにもかもぶちまけてしまうと、瘧《おこり》が落ちたようにけろりとしてしまうものです。まるでそれまでが嘘のようにね。覚えがありませんか。

ぺー助は目を閉じ、しばらく考えていたようだが、やがて目を開けた。

──ある。言われてみりゃ、たしかにそういうところはあるな。

──ですからてまえが我慢強く、真心をもって真剣に訴えれば、最初は怒り狂ったとしても、かならずわかってもらえるはずです。

──そうだな。そうだよ。なんだか、おれもそんな気がしてきた。

犬の姿をしたペー助の目を、信吾はじっと見詰めたが、相手は逸らそうとしなかった。目を逸らさないのは、獣同士の場合は威嚇であり、敵対を意味する。逸らしたほうが負けだ。

だが姿は犬でも、心が人のペー助は逸らそうとしない。信頼の色が浮かんでいるのを信吾は見た。

であれば、と提案することにした。

──ペー助さん、いかがでしょう。あとはてまえに任せていただけませんか。

──任せるよ。任せ切ってるよ。だって、信吾さんのほかにできる訳がないもの。

──では、そうさせてもらいます。これ以上話しても、ペー助さんは一人になったときに、あれこれと思い出して、ああでもないこうでもないと悩むことになると思います。ですからてまえに任せて、もう、きっぱりと忘れてください。ま、それがむりなことはわかってますが、なるべくね。

そう念を押してから、女房のセツと娘のスズ、そして新次郎こと幇間の宮戸川ペー助の三人だけが知っている、いや三人だけしか知らないことを、あれこれと教えてもらった。

三

「黒船町のよろず相談屋、知らないよ。信吾さんと言ったっけ」

「さようで」

「手代さんかい。その若さで番頭さんってことはないだろうね」

「てまえがあるじでございます」

女は、いや宮戸川ペー助の女房のセツは、目をまん丸に剝いた。色が白く、眉の形がいいので、黒目勝ちの目になんとも言えぬ色っぽさがある。

ペー助はセツについてなにも言わなかったが、小唄か三味線の師匠、でなければどこかの青楼《せいろう》に出ていた粋筋《いきすじ》の女ではないだろうか。なんともすっきりした佇《たたず》まいなのだ。目を細めると、見開いていたときとはちがった色気があった。セツは信吾が膝前に押し出した二つの包みを、顎でしゃくった。

「悪いけど受け取れないよ。それを持って帰っとくれ」

「ですが、てまえはまだなにも話しておりませんが」

「そんなもんで、ご機嫌を取ろうってんだろうけど」

「そんなもんと申されますと」

セツが、信吾の手土産のことを言っているのはわかったが惚《とぼ》けることにした。

「藤の木茶屋の羽二重団子《はぶたえ》と、川口屋のさらし飴《あめ》だろ」

簡単には行きそうにないと覚悟はしていたが、一瞥《いちべつ》しただけで信吾が持参した品と、同時に魂胆も見抜いたということだ。頭もいいし、鋭くもあって、やはり相当に手強い相手だとわかった。

「羽二重団子はあたしの、さらし飴は娘の大好物。初めて来たあんたが知ってるはずがない、ってことは下心のあるだれかに頼まれたことになるだろ。だったら話を聞く気はないから、むだなことをせずに帰っとくれ」

相手がそう来たとなると、作戦を変えなければならなかった。

ところが信吾が言い出すよりも早く、セツが口を切った。

「あたしゃ、宮戸川ぺー助の女房だからね。ぺー助に惚《ほ》れ抜いてんの。だれがなんと言おうと、話を聞く気なんてないよ。本当にくどいったらありゃしない。亭主持ちの女を一体なんだと思ってんだろうね」

ぺー助に聞かせたら狂喜して涙を流すだろう。まてよ、そうとも言い切れないぞ。涙は涙でも痛恨の涙かもしれない。女房にそこまで言われながら、今は野良犬の恰好、いや、野良犬そのものなのだから。

　どうやら、ややこしい事情があるようだ。ああ、もう少しぺー助に話を聞いておくのだったと、信吾は後悔した。

　亭主が犬になるまえから、執拗《しつよう》にセツを口説く男がいるらしかった。それも人や金を使って、手を変え品を変えして迫っているのだろう。セツは信吾を、そいつに頼まれてやって来た一人だと勘ちがいしたようだ。

　ところがそんなことは知りもしないで、誠意があれば通じるだろうと、少ない手駒で乗りこんだのである。

　自分の甘さ幼さにほとほと呆れて、いつしか苦笑を浮かべていたようだ。ふと視線を感じて目を向けると、セツが喰い入るように見ていた。どうやら相手も、どこか変だと感じ始めたらしかった。

　庭に何羽かの雀《すずめ》が舞い降りて、しきりと啼《な》き交わしている。

　浅草花川戸町にあるぺー助の長屋は、さすがに芸人らしく小ざっぱりとしていた。棟割ではなく、三軒長屋の一軒で四部屋あり、ちいさいながら庭も付いている。

　雀の啼き声はチュンチュンとありふれたもので、人語で信吾に語り掛けることはなかった。どうやら自力で乗り切るのだ、信吾ならできぬはずがない、ということのようだ。

　さて、どのように話せばわかってもらえるだろうと思ったが、うまく考えがまとまらない。やはり正直に打ち明けるしかないのだろうが、ひとつまちがえば取り返しの付かぬことになりかねなかった。

「黙ってちゃ埒《らち》が明かないだろ」

「ですよね」

「なに間抜けたこと言ってんだい。そんなことでよく、よろずなんとかの」

「よろず相談屋です」

「その相談屋のあるじが務まるもんだね。いいかい信吾さん、半月ほど帰って来ないってだけで」

「半月って、そんなにお帰りではないのですか」

「知ってるくせに白々しい。わずかそれくらいで、まるで待っていたかのように人を寄越すことはないじゃないかって、あいつに言ってやんな」

「あいつ、と申されますと」

「惚けるなら、それらしく惚けるがいいじゃないか。名前を言うのが厭で、口にするのも汚らわしいから、あいつって言ってることくらいわかってんだろ」

姐御肌《あねごはだ》でポンポンと繰り出す鉄火な喋り方がなんとも耳に心地よく、信吾はいつの間にか自分がやって来た目的を忘れて聞き惚れていた。

下駄の音が近付いたと思うと、入り口の腰高障子が開けられた。

「ただいま」

声とともに姿を見せたのは娘のスズであった。十四、五歳だろうか。少女というよりはもう娘で、どちらに似たのか整った顔をしている。

息子は母親に似、娘は父親に似ると言われているが、それからするとぺー助は美男子なのだろう。セツが惚れたくらいだからまちがいなく好《い》い男だとは思うのだが、信吾は白犬のぺー助しか知らないのである。

「お客さまだから、おとなしくしないと笑われますよ」

「あ、さらし飴だわ」

座敷に駆けあがったスズが包みに手を伸ばそうとすると、セツの叱声が鞭《むち》のように飛んだ。

「だめ」

「なんで」

「その人が、母さんとスズを丸めこもうと企《たくら》んで持って来たんだから」

「その人だなんて、お客さまだと言ったよ、さっきは」

思い掛けない切り返しに、セツは「うッ」となってしまった。なかなか鋭いと思っていたセツだが、娘のスズも母親に負けず頭が良さそうだ。

セツに対して河豚《ふぐ》のように頰を膨らませたスズは、不意に顔を信吾に向けた。透かさず頬を膨らませて見せると、考えてもいなかったらしく、スズは「ぷッ」と吹いてしまった。

最初の印象は随分と娘らしいものであったが、そんな仕種《しぐさ》には子供らしさが剝き出しになっている。

スズと信吾を見較《みくら》べるセツの表情が、微妙に変わったのが感じられた。

ここだ、ここしかないと信吾は閃《ひらめ》いた。

「鬼子母神《きしもじん》は子育てと疱瘡除《ほうそうよ》けの御利益《ごりやく》があるからね。そのお詣りのとき、さらし飴とススキのミミズクをお土産に買ってもらったんだろ。そのときからさらし飴が、なぜかすっかりお気に入りになって、鬼子母神にお詣りする人にねだったり、スズさんが自分で買いに行ったこともあるそうだね」

「あら、なんで知ってるの、小父《おじ》さん」と、そこでスズはあわてて言い直した。「お兄さん」

「信吾ですよ、スズさん」

「なぜ知ってるの、信吾さん」

「ちょっと待ってくださいな」

そう言ったものの、セツはどうやら迷っているらしい。ミミズクやさらし飴を土産にもらったこと、娘のスズがさらし飴を好きになったことは、ほとんど知っている人はいないが、調べたり訊き出したりできないこともない。

雑司ヶ谷の鬼子母神の御利益を知らぬ者はいないだろうし、子供を持った親がお詣りすることはだれだって知っている。

当てずっぽうに言ってみたら、たまたまそうだったということもあり得るのだ。

別人のように真剣な顔でセツが言った。

「羽二重団子のことはなにか知ってるの」

さらし飴はまぐれだとしても、まさか羽二重団子のことまで知ってるはずはないと、そう思ったにちがいない。

「藤の木茶屋の羽二重団子には醬油《しょうゆ》と餡《あん》の二色《ふたいろ》ありまして、女の人には餡が好きな人が多いのに、セツさんはなぜか醬油が好みだそうですね」

セツは目をまん丸に剝いた。

目を剝いたのは二度目であった。信吾が相談屋のあるじだと言ったときには、疑うような、小馬鹿にしたような目であったが、今度はまるでちがっていた。しかもあれこれと思い巡らせているのか、目に落ち着きがない。セツは瞼《まぶた》をしきりと瞬《まばた》かせた。

ややあって、セツは控え目に言った。

「あたし、信吾さんに謝らなければなりませんね」

表情だけでなく、言葉付きもすっかり変わっていた。

「それには及びませんよ。おっしゃったようなことが続けば、だれだってすぐには信じられないと思いますから」

「それにしても、ひどいことを、ひどい言い方をしてしまいました」

「でも、謝りの言葉を取り消されるかもしれませんから、詫《わ》びるのはもう少しのあいだ取っておいてください」

「なにをおっしゃりたいの。もしかすると」

信吾はおおきくうなずいた。

「てまえはまだ、なにも話してませんでしょう」

「すると」

信吾が肯定も否定もしなかったので、セツは急に不安になったようだ。事実を話せばどのような反応を示すか、信吾にはまるで想像ができなかった。

セツはまだ、亭主が犬になっていることを知らない。想像もしていないだろう。だから、伝え方次第で解決できることもあれば、どうにもならなくなってしまうこともあるのだ。

自分の夫が訳のわからぬ事情で、突然、犬にされてしまったとしたら、動揺せぬ妻がいるはずがない。問題はその程度がおおきいかちいさいかである。

それはどう受け止めるか、にもよる。

いやそのまえに、受け止められるかどうかという、最初の障壁があるはずだ。ほとんどの人が頭ごなしに否定するだろう。だが、やがては認めざるを得なくなるのである。短いか長いか、どれだけの時間でそれを受容するか、できるか、ということになる。だが結局は、それを認めるしかないのである。なぜなら事実だからだ。

それは容易ではない。だれがそんなことを認められるというのだ。だれだって心の底から打ち消すに決まっている。

事実ではない。断じて事実なんかであるものか。自分は絶対に認めないからな。認められる訳がないだろう。厭だ。大嘘に決まっている。

だがそれを通すことは至難である。

拒み続ける時間が長いか短いかだが、最終的には認めざるを得ない。なぜなら、くどいようだが事実だからだ。

あとは、どこにその線を引くか。どのように認めるか。いかに自分を納得させるか、だけだろう。

どういう状態であろうと、生きていてくれるだけでありがたい、と思うか、むしろ死んでくれたほうがよかった、と決め付けるか。

白と黒のあいだには明暗と濃淡の異なった灰色が無数にあるように、生き方、考え方のちがう人には、かぎりない、それこそ夥《おびただ》しい答があるはずだ。

果たして、セツとスズの母子はどう受け止めるだろうか。二人がそろって受け容《い》れるだろうか。それともそろって拒否するだろうか。べつべつの反応を示すだろうか。

母は受け容れ娘は拒否する、ということもあり得る。娘は受け容れるが、母は頭から否定せずにはいられぬかもしれない。

そのどれが母娘にとって、父娘にとって、夫婦にとって、幸せであり、不幸と言えるだろうか。

受け止め方は、それぞれ微妙にちがっているだろう。重なる部分もあれば、重なることはおろか接しさえしない場合もあるはずだ。

今、ここに至って、信吾は問題のおおきさと重さを、ひしひしと感じていた。

「ひどいことになっているのでしょうか」

感情を押し殺したような、それまでからは考えもできぬほど、平板な言い方をセツはした。体のことが言いたいのだろうか。それとも心、いや心身を案じているに決まっている。

信吾は慎重に言葉を選んだ。

「受け止め方によると思います」

「相当にひどいようですね」

「てまえにはなんとも申し兼ねます。ただ、話せと言われたら話しますし、黙っていてくれと言われたら黙っています。当然ですが決して人には洩《も》らしません」

「あたし、知りたいわ」

それまで黙って二人の遣り取りを聞いていたスズが、耐えきれないとでも言うように、切羽詰まった声を出した。

「なんとしても知りたいの。ひどい話かも知れないけれど、知らないままにこれからの毎日を、もやもやした気持を抱えて生きるなんて、とても耐えられないから」

「落ち着きなさい」

「落ち着いてるわよ。だから自分の気持を言えるんじゃない」

「てまえはしばらくのあいだ、外に出てましょうか。お二人で、納得の行くまで話しあわれたほうがいいと思いますが」

信吾に言われて、セツとスズの母娘は顔を見あわせ、猛烈な勢いで目だけの会話を始めた。

かなり長い遣り取りの末に、どうやら決まったようだ。強張《こわば》った顔をしたセツが、背筋を伸ばしてきっぱりと言った。

「伺いましょう。話してくださいい、信吾さんのご存じのことを洗《あら》い浚《ざら》い」

信吾はおおきくうなずいた。

どこから始めるかだが、こうなれば単刀直入に切り出すしかない。

「ペー助さん」と言ってから、信吾は言い直した。「新次郎さんが」

「ペー助で進めてください。家《うち》の人は芸人、幇間の宮戸川ペー助ですから。芸人であることを誇りにしているのです」

信吾はうなずくと、臍下丹田《せいかたんでん》に力をこめて語り始めた。

「ペー助さんが旦那のお供をして、真夜中に鉄砲洲の船宿から芝の浜に船を出し、袖ヶ浦でアオギスの脚立釣りをした日のことでございます」

これだけで二人は、信吾がペー助に関して相当詳しく知っていることを理解したようだ。顔を見あわせて、その目を同時に信吾に向けた。喰い入るように見詰めている。

「船宿でアオギスを天婦羅に揚げてもらい、折に詰めてもらうと、予《あらかじ》め話しておいた時刻にこの長屋にもどってまいりました」

「あッ」

声を挙げてからスズはあわてて口を押さえたが、セツはさらに強張った顔をして、焦点のあわぬ目をしている。

「ところが真っ白な犬の姿をしていたために、追い払われてしまったのです」

「嘘だわ、嘘よ。でたらめを言わないで」

激しく首を振り続けるスズの目に涙が溢《あふ》れ、おおきな粒となって零《こぼ》れ始めた。止《と》め処《ど》なく流れ落ちる。

「落ち着きなさい。だったら信吾さんが、どうしてそんなことを知っているの。わかるでしょう、スズには」

なおも首振りを止《や》めぬスズの肩を押さえ、それからセツは娘の体を抱えこみ、必死な目を信吾に向けた。

「信吾さんは、なぜそのことをご存じなのですか」

声は一本調子でしかも掠《かす》れていた。

「ご本人からお聞きしました」

瞬きもせずに、セツは信吾から目を逸らさない。

「あの日、たしかに白犬はなにかを訴えたそうな目をしていました。しきりと吠えましたが、人の言葉ではありませんでしたよ。女房のあたしにさえワンワンと吠えるだけだったのに、なぜ信吾さんは先ほどおっしゃったことをお知りになられたのですか」

「先に申しましたように、ペー助さんから聞いたのです」

「あなたには犬の言葉がわかると言うの」

「はい」と、信吾はきっぱりと言った。「てまえは三歳のおりに大病を患い、三日三晩ひどい熱に苦しめられました」

その後、神さまか仏さまが憐《あわ》れんでくれたのか、生き物の声を聞くことができるようになったという経緯《いきさつ》を話した。

「ですので、犬になられたペー助さんと話すことができたのです」

セツは一点を見詰めて考えを纏《まと》めているふうであったが、やがて射抜くような目を向けた。

「信吾さんが生き物の声を聞けることはわかりましたが、どうして家の人はそれを知ることができたのかしら」

「かなりややこしいですし、とてものこと信じていただけないと思いますが」と、そこで信吾は間を取った。「少しの疑いでもお持ちでしたら、てまえとしましては話すことはできません」

「信じます。話してください」

心を決めていたのだろう、セツは間を置かずにそう返辞した。

四

いずれにせよ話を聞いてくれることになり、信吾はひとまず安堵《あんど》したが、そう簡単には事は運ばなかったし、問題は山積していた。

とはいうものの、なんとか滑り出すことはできたのである。母と娘が話を聞いてくれることになったので、順を踏んでわかりやすくていねいに話した。

発端はやはり、犬のぺー助が「よろず相談屋」を訪ねて来たところからであった。信吾が聞く気になり、ぺー助がなにもかも打ち明けようとするに至るまでにも紆余曲折《うよきよくせつ》がある。

そしてようやくのことで本題に突入した。

まるでそれらしき予兆も夢見もなかったのに、浅草花川戸町の長屋にもどったときにはぺー助は白犬になっていた。その直前まで明らかに人であったのに、である。しかも最愛の女房と娘に追い払われたのだ。

ほどなく野良犬どもの親玉になったが、偶然にもぺー助がぼやいたことから道が開けた。「おれたち犬には人間の考えてることがわかるのに、人間にはなんでわからんのだ」とつぶやくと、子分の一匹が、駒形堂の少し南に犬と話せる人がいると教えてくれた。

このくだりは、ぺー助と信吾が知りあった部分なので、なるべく事細かに話した。それがあったからこそ、信吾はセツとスズを訪ねて信じられぬような話を打ち明けたのである、と。

信吾が話し終えると、母と娘はほとんど放心したような状態になっていた。目が虚《うつ》ろで、あれほど豊かに、驚き、疑い、喜び、感動で多彩な心を見せていた顔が、すっかり無表情に、まるで能面のようになっている。

むりもないだろう。驚くべき事実が次々と繰り広げられたのだ。セツにとっては夫であり、スズにとっては父親である男について。しかも今は、人ではなく白い犬となっているという。

心の裡《うち》が千々に乱れて当然だろう。

信吾はなにも言わずに静かに待ち続けた。

四半刻（約三〇分）も経《た》っただろうか、不意にセツが言った。

「お茶を淹《い》れますね」

そのひと言で、信吾は視野に一気に色がもどったような気がした。二人が尋常な心でいられず、ぼんやりとしていたあいだ、周囲から色が消えていたのだ。

「信吾さんからの頂き物、あたしたちもご馳走《ちそう》になりましょ」

完全に、この長屋を訪れたときと変わらぬ声と表情にもどっていた。気持が現実に引きもどされた、ということでもあった。

だからと言って、単純に喜んではいられない。それをどう見、どう考えているかによって、極楽と地獄にわかれてしまうのである。

茶を淹れるとセツは包みをほどいて、羽二重団子をそれぞれの皿に取った。湯呑《ゆのみ》と団子の皿を盆に載せて、セツは信吾とスズのまえに置いた。続いて自分の盆を置き、「では、いただきましょう」と二人に笑い掛けた。

品よく、少しずつ味わいながらセツがスズに話し始めた。

「父さんは最初、醬油焼き団子より渋抜き漉餡《こしあん》団子のほうが好きだったの。ところが芋坂の辺りでお仕事があると、いえ離れていても廻り道して、いつも藤の木茶屋の醬油焼き羽二重団子を買って来てくれたわ。そのうちに父さんも、餡より醬油が好きになってね」

「とても香ばしいですね。それに、お茶がよくあっています、団子の味に。絶妙としか言いようがありません」

信吾がそう言うと、セツはうれしくてたまらないという顔になった。

「でしょう」

なんだか気心の知れた一心同体の夫婦のようですね、とは信吾は言わなかった。セツとペー助はこのお茶と羽二重団子のようであったにちがいないと、ふとそんな気がしたからである。ところが今は……。

セツが心を傷めることのないように、うまく進められるといいのだが、と信吾は心を砕いた。

「おいしいね」と、スズがどちらにともなく言った。「父さんも、いっしょに食べられたらよかったのに」

「食べられるわよ。いつか、きっと。母さんは信じてます」

「だって、信吾さんの言ったこと、聞いたでしょ」

犬になってしまったのに、との含みである。

「ペー助さんに」とセツに、続いて信吾はスズに言った。「会っていただけませんか、お父さんに」

「だって」

困惑顔で言ったのはスズであった。

「またしても追い払われるかもしれないけれど、そのときには諦めもつく。そうおっしゃいました。あのようなままでは、このあと生きていけない。なんとか話したいので、会えるように取り計らってもらえないだろうかと頼まれました。てまえは、なんとしても願いを叶えてあげたいのです」

「話したいと言っても、話せないのよ。ワンワンと吠えるだけだもの」

思い出したのだろう、不意に涙が溢れて、次々と流れ落ちた。セツが懐から手巾《しゅきん》を出して拭いてやると、スズは母親のするに任せた。

「話せます。話せるんですよ」

「だって吠えるだけなのに」

「でも気持は通じます、かならず」

「通じる訳がないじゃない。だって父さんは犬だもの。犬になってしまったのだもの。あのときだって、ワンワンとしか聞こえなかったわ。父さんはスズって呼んでくれたかもしれないのに。わかるでしょ。会えばそれだけ辛《つら》くなるの。二度と立ち直れないほど傷付くのよ、父さんだけでなく、母さんとあたしも」

「てまえがおりますですよ」と、自信たっぷりに信吾は言った。「犬の言葉も人の言葉も、いいえ、犬の心も人の心も、わかっておりますから」

「調子いいこと言って、商売でしょ。お金儲《かねもう》けなんでしょ」

「スズ、謝りなさい。いくらなんでも言いすぎです」

厳しい口調で窘《たしな》めたセツを、信吾は緩やかな手付きで制した。

「てまえは商人《あきんど》ですから、お金儲けのために動いています。ですが、双方がいい思いができなければ、商いは成り立たないのですよ。相手に満足していただけるからこそ、お金をいただけるのです」

「自信たっぷりだけれど、そんなことができるの。本当にできるの」

「てまえにはかならずそれができますと言ったら、お父さまと会っていただけますか」

信吾はここが正念場だと、スズを正面から見た。セツの心は決まったようだから、となるとスズの心を動かすことができれば、なんとかなるかもしれない。

スズが言った。

「うまく行けばいいけど、そうでなければどうするの」

　咽喉もとに、短剣を突き付けられた気分であった。相手は純な乙女である。ごまかしは利かない。

「どうもしません。なぜなら、かならずうまく行くからです」

　ここまで来ればじたばたしても始まらない。

「自信たっぷりね」

「自信なんて、まるでありません」

「それにしては、言っちゃいけないけど、ふてぶてしい」

「スズ。なんて言い方をするの」

　セツが、言わずにはいられないというふうに言った。だが信吾は首を横に振った。

「まさにそのとおりです。てまえがスズさんなら、こんなふうに強引に話を運んで説き伏せようとしたら、きっとおなじことを言うと思います」と、そこで信吾は間を取った。

「ですから、まず試されてみてはいかがでしょうか」

「なにをなの」

　そう問いはしたが、スズは信吾の言いたいことはわかっていたようだ。

「てまえの申したことが嘘か真《まこと》かを、です」

「だから会えないって言ったでしょ」

「会いましょう」と、セツがきっぱりと言った。「スズが会いたくないなら、母さん一人で会います」

「だって、辛い思いをするに決まっているもの」

「決まっていません。それに、会わなければスズは嘘吐きになりますよ」

「嘘吐きだなんて、なんでそんなことが言えるの。いくら母さんでも、ひどい」

「父さんがどうなってるかわからないとき、スズはなんとしても知りたいって言ったでしょ。ひどいことになっているかもしれないけど、知らないままに、もやもやした気持で毎日をすごすなんて耐えられないって。それなのに、父さんが犬になったから会わないの。どうなってるかわからないけど、それでも知りたいと言ったのよ。父さんもそのときのスズとおなじ思いだと思うの。それに、会えるとしたら一度かぎりかもしれない。父さんが犬になったから会わないなんていったら、あとになってひどく悔やむことにならないかしら」

スズは唇を嚙《か》みしめたまま黙ってしまった。

「ね、会いましょう。話したくなかったら、父さんと母さんが話しているのを聞いてるだけでもいいの」

「スズさんは、一番ひどいときのことを考えているのだと思います。ですがてまえはよかったと思うことも、一杯とは申せませんが、かならずあると思いますよ」

本当は短かったのかもしれないが、信吾にはたまらなく長く感じられた。

「わかった。会います」

「ありがとう。わかってくれると思っていたわ、母さん」とスズに、続いてセツは信吾に言った。「となりますと早い方がいいですが、よろず相談屋にはいつ伺えばいいでしょう」

「そうしていただきたいところですが、よろず相談屋はまずいのです」

「なぜですの」

「将棋会所もやっていますので、明るいうちは将棋を指すお客さんが大勢お見えになります」

「では、陽が落ちてから伺いましょう」

落ち着きのある人だと思っていたが、案外とせっかちなところもあるようだ。いや、それだけ亭主に会いたいということだろう。冷静になってもらわねばと、信吾はゆっくりと話した。

「小僧がいますので、いくらわからないようにしても、どうしても知られてしまいます。話を聞かれては困るでしょう。すぐ近くに榧寺《かやでら》として知られた正覚寺《しょうがくじ》、そのすぐ南には八幡宮、それに北に行けば諏訪社や清水稲荷社がありますので、お寺さんやお宮さんの境内か、駒形堂の裏手とも思いましたが」

「どのようなことで、他人《ひと》に聞かれるかわかりませんね」

「母親と娘、犬と商人の取りあわせは、人目に付くでしょうから」

「舟で大川に出るのはどうかしら。船宿の船頭さんは、料理屋の仲居さんとおなじで、お客さまの話は一切聞かないことに、聞いても忘れることになってるのでしょう」

「はい。ですが、人が犬になったとなると、秘密を守り切れるでしょうか」

「心付けを弾めば大丈夫だと思いますけど」

「酔ったときに、ついポロリと」

「意外と難しいですね」

スズがつぶやいた。

「ここに来てもらえばいいじゃない」

「それが一番いいんですけどね」

信吾がそう言うとセツもうなずいた。

「母さんも、真っ先に考えたけれど」

「でも、だめなの？」

「あの日、あたしたち、追い出してしまったでしょ」

「それは、父さんだとわからなかったのだから、しかたないことだわ」

「でも父さんにすれば辛かったでしょうし、母さんはそれよりも、父さんはご近所に気兼ねると思うの。あの人は芸人だから、日頃から人の目をそれは気にしてたでしょ」

「たしかに見栄っ張りだったけれど、事情が事情だもの、父さんにもそれくらい我慢してもらわなきゃ」

信吾はポンと膝を打った。

「やはり舟で大川に出ましょう。波の上だとだれにも聞かれませんから、これほど安心なことはありませんよ」

「ですが、船頭さんに余程お金《あし》を包まなければ、ならないんでしょ」

「とっておきの船頭を忘れてました。そいつでしたら絶対に喋りませんから、口止め料は要りません」

「ですが、酔ってポロリ」

「酒は飲みますけれど、大酒飲みじゃないですから安心です」

「だけど、犬を舟に乗せてくれるかしら」

「断られます」

「だったらだめじゃないですか」

「そこで、とっておきの船頭が」と言って、信吾は自分の鼻の頭を指で示した。「ここにいるんですよ」

「まさかぁ」

母娘が声を揃《そろ》えて言った。

「柳橋の船宿に、太郎吉《たろきち》という幼馴染《おさななじみ》がおりましてね。二人でしょっちゅう舟を漕ぎだして、あちこちの堀だけではなくて、大川を越えて竪川《たてかわ》や横川などにも行きました。本職の船頭さんにはかないませんが、自惚《うぬぼ》れでなく素人離れした腕との自信があります。舟を引っ繰り返すなんてことはありません。大川の右岸を柳橋から吾妻橋の近くまで遡《さかのぼ》るなんざ、お茶の子さいさいですから」

「本当かしら。とてもそんなふうには見えませんけど」

「人は見掛けによらぬ、と言いますでしょ」

うなずきはしたが、セツは半信半疑という表情である。

「これでなにもかも解決します。太郎吉とは兄弟みたいなものですからね。鉢巻を締め、縄の帯を捲《ま》いて、船頭さんの法被《はっぴ》を借りて着りゃ、だれが見たって立派な船頭です。てまえが漕ぎますから、途中で犬のペー助さんを乗っけても、だれも文句を言いません。さすがに柳橋から乗せることはできませんからね」

小僧の常吉を報《しら》せにやって、「何刻に願います」とだけ言わせることにした。その時刻に吾妻橋の畔《ほとり》の桟橋で待っていてくれれば、あとは舟の中だから、三人と一匹でいくらでも喋れるとの算段であった。

「こんないい方法が見付かったってことは、なにもかもうまくいくという吉兆《きっちょう》、つまりいい兆《きざ》しってことですよ。きっとうまくいきますから」

不安でたまらないだろうセッとスズを、信吾はわずかでも励ましてやりたかった。ところが自分が船頭になるとの案を思い付いてからは、なぜか信吾自身も、すべてが好転するような気がしてならないのである。

五

セツとスズの母娘、亭主であり父親であるが今は犬となった宮戸川ペー助、そして船頭役の信吾。それで全員なのでおおきな船は必要ない。いや、どうせちいさな舟しか扱えないので、太郎吉には猪牙舟《ちょきぶね》を借りることにした。

前日の朝、信吾は小僧の常吉を花川戸町の長屋に遣いにやって、「明日の九ツ（正午）に願います」と伝えさせた。女のことだから髪結床《かみゆいどこ》に行くなど、なにかとあると思ったからだ。

信吾は両親の営む会席、即席料理の「宮戸屋」に出向いて、折詰の特製弁当を六つ頼んでおいた。

その日はほとんど将棋会所「駒形」と「よろず相談屋」を留守にするので、あとを甚兵衛と常吉にやってもらわねばならなかった。そのため母娘とペー助、そして自分の分の四個のほかに、留守番の二人の分も頼んだのである。

　今朝は五ツ（八時）ごろ「駒形」を出た信吾は、母親の繁から弁当の折詰と携行用の茶入れ筒を受け取った。そして母と息子らしい、他愛ないひと揉《も》めがあったのだ。

「親子なのに水臭いじゃないの。信吾からお代なんて取れませんよ」

「よろず相談屋の仕事としてですから、そういう訳にはいかないでしょ」

などとあれこれあったが、結局、むりやり代金を押し付けてしまった。

　将棋会所にもどった信吾は、甚兵衛と常吉に改めて頼んだ。

「今日はかなり長く会所を空けますので、くれぐれもよろしく願います」と言いながら、弁当の折を手渡した。「はい、これは昼に食べてください」

「信吾さん、そんなに気を遣っていただかなくても。しかも宮戸屋さんの品ではありませんか。てまえなんぞには贅沢《ぜいたく》すぎますよ」

　甚兵衛はそう言ったが、常吉はうっかりまちがえてしまった。

「どうもご馳走さまです」

「常吉、何度言ったらわかるのです。ありがとうございますとか、どうもすみません、でいいのだよ」

　いけないというふうに、常吉はぺろりと舌を出した。

　その足で柳橋の船宿に向かった信吾は、下帯と腹巻だけになって、太郎吉の母親が用意してくれた法被を羽織ると、きりりと鉢巻を締めた。

「船頭にゃもったいない、いい男だね」

船宿の女将だけに世辞がいい。

「将棋会所が潰れたら、船頭に雇ってやってもいいぜ」

横から太郎吉が減らず口を叩いて、母親に睨まれた。

猪牙舟で大川を遡る。

途中、よろず相談屋の裏手で白犬のペー助を乗せた。

――鬱陶しいでしょうが、しばらくのあいだ我慢してくださいね。

信吾はペー助を、藺草《いぐさ》で編んだ花茣蓙《はなござ》で山形に囲った。荷を運ぶ帆掛船や遊客を乗せた櫓《ろ》漕《こ》ぎ船としょっちゅう擦れちがうので、犬を乗せているのを知ったら船頭たちが黙っていないと思ったからだ。

そこから吾妻橋はそう遠くない。

じっと上流《かみて》を見ていたペー助が、うれしくてならぬという声を出した。

――お、スズのやつ、あの簪《かんざし》を挿してやがら。

言われて初めて、信吾は橋の畔に二人の女が並んで立っているのに気付いたのであった。

セツとスズの母娘らしいとしか信吾にはわからないが、ペー助はいくらか小柄な娘の頭の簪を認めたらしい。「あの」というからには、いくつかあるうちの特別な簪なのだろう。

それにしてもよく利く目で、信吾も目はいいほうだがとてもかなわなかった。

——てことは、機嫌を直したってことだな。スズは怒っちゃいねえですよ、信吾さん。信吾は先日、長屋を訪れて母子と話したことを、ぺー助に正直に伝えた。だからスズが会うことに、最初はひどく反対したことは知っている。

——あれはスズが踊りの会で一等になったとき、褒美としてあっしが造らせた簪でしてね。

芸人の娘であるスズは、六歳の六月六日から踊りの稽古に通い始めた。まずは身のこなしの基本となる舞踊で、翌年の六月六日からは習字、さらにその翌年は琴と三味線という具合に、習いを重ねていたのである。

スズの通っていた踊りの稽古所では、五年がすぎて六年目に入ると、それまでの成果を競うお披露目会をおこなっていた。本人の親兄弟や親戚だけでなく、多くの客を集めての盛大な催しであった。

会の呼び物は、順位を付けての成績の発表だとのことだ。師匠が選べば依怙贔屓《えこひいき》があるかもしれないということで、本職の、それも毎年ちがう踊り手を三人招いて、銘々が出した点数を加算するのである。

三人がそれぞれ五人を選んで、一位の五点から五位の一点まで点数を付ける。

――スズは十五点でした。

三人とも最高点を付けてくれたのだ。しかも習い始める年齢がちがっていて、スズが最年少であった。親のぺー助とすれば鼻高々のはずだ。

幇間は男芸者と言われるくらいなので、唄を唄えば踊りも踊る。三味線、胡弓《こきゅう》、笛に太鼓などの鳴り物はなんでもござれ。物真似《ものまね》、声色、手妻、狂歌に川柳、それらに一流か、水準以上でなければ座敷は務まらない。

ぺー助はなにも言わないが、信吾はセツも相当にできると睨んでいた。

――お二人の娘さんだもの、満点は当然ではありませんか。

――だから褒美に簪をやったって訳でね。

ぺー助は知りあいの銀細工師《ぎんざいくし》に頼んだのだが、凝りに凝った造りであった。先端に数枚の葉っぱと、その少し下に鈴なりになった実を付けた南天の小枝、そこから細い紐でちいさな鈴がさげられている。それがすべてが実物の何分の一、いや十分の一以下という細かさであった。簪なので、すべて銀細工という凝った造りだ。

南天は冬の寒さの中で無数の真っ赤な実を付けるので、特に若い女性への贈り物の装飾として好まれた。無数の実は嫁いでからの子だくさんを、南天は難を転ずるの音に掛けたものだ。これからの人生、あらゆる難を幸せに転じますように、との願いが籠《こ》められている。毎日使う手鏡の裏に好んで彫られるのもそのためだし、やはり日々開く文箱《ふばこ》の蓋にも描かれることが多い。

だが、ここぞというときに髪を飾る簪にはあまり見掛けなかった。

——ちっちゃなちっちゃな鈴だがね、鳴るんだ、これが。しかも銀でできているから、チリリチリリと澄み切った、耳が洗われるようなきれいな音でね。あんな簪はどこにもありやせんぜ。

——スズさんの頭に鈴の簪とは洒落《しゃれ》てますね。

——てことよ。

ペー助はいつの間にか両脚を踏ん張って胸を張り、頭をあげて顔を正面に向けていた。花茣蓙で体を隠すようにしていたのだが、これでは気が付く船頭もいるにちがいない。なにしろ大川の川面を、ひっきりなしに大小の船や舟が行き交っているのである。さすがに、橋の上や川岸を歩いている人にはわからないだろうが、船頭や船客の中には気付く者がいるはずだ。

だが信吾は、ペー助に体を低くしてくれとは頼まなかった。そんな姿を女房と娘に見られたくないのは考えるまでもない。その代わり犬を舟に乗せたことを咎《とが》められたときの言い抜けを、しきりと考えていたのである。

最終的に決まったのは、おおよそこんなものだ。

「とんでもない、本物の犬である訳がないではないですか。木彫りの犬の像を運んでいたのですが、何人もの人から、まるで生きているようだと言われましたよ。それだけよくできた彫り物ということでございますね。中にはたしかに吠えるのを聞いた、なんて方もいらっしゃいますが、いくらなんでも木彫りの犬が吠える道理がありません。ね、そうでしょう」

それはともかく信吾の漕ぐ猪牙舟は、ペー助を吾妻橋へと運ぶ。

——体を揺らしながらこっちを見てら。

信吾にもセツとスズの顔が、はっきりと見えるようになった。

ところが、ここまで事を運ぶのはけっこうたいへんだったのである。


長屋を訪ねてセツとスズの母娘と納得のいくまで話しあった信吾は、将棋会所「駒形」にもどって間もなく、駒形堂の裏手でペー助と落ちあった。ところが、どことなく浮かぬ顔をしている。

——どうなさいました、ペー助さん。

——子分どもが、いつもおれといっしょに居たいと言い張ってな。

——当然でしょうね。それでなんと言って抜けて来たのですか。

——たまに一匹になりてえこともある。しょっちゅうじゃねえんだから、大目に見ろやい。それでもならんと言うなら、サシで相手になるぜ。そのひと言でなんとか乗り切ったのだがな。

——となりますと、頻繁に抜け出すのはむりってことですか。どんな世界も一度《ひとたび》身を置けば、なにかと窮屈なものですね。

などという遣り取りがあったのだが、母娘と話した一部始終を語って聞かせると、ペー助の態度は急に、しかもおおきく変化した。そして信吾が話し終えたころには満足して、こぼれんばかりの笑みを浮かべていたのである。

——大川に舟を出すことにしましたから、みんなでゆっくりと話すことができます。だれに気兼ねなく。

——これもみんな信吾さんのお蔭だ。恩に着るぜ。本当にありがとな。

ところが、安心した信吾が不用心に付け足したひと言が、ペー助の機嫌を損ねてしまったらしい。

こう言ったのである。

——ということですからペー助さん、うまくいけばいっしょに暮らせるようになるかもしれませんね。

当然、手放しで喜ぶと思ったのに、意外なことにそうではなかった。あまりにも長く黙ったままなのでそちらを見ると、ペー助は目のまえの大川の流れに目をやっていた。そしてちらりと信吾に目を向けると、別人のような暗い声で言った。

――セツかスズがそう言ったのか。それとも、そうなればいいですねなどと、信吾が二人に言ったのか。

ここしばらく信吾さんと「さん」付けであったのに、わずかなことで呼び捨てになってしまった。だが問題はそう言ったペー助の真意、そう言わざるを得なかった事情である。

ペー助はセツとスズに会って自分の気持を伝えたい、そして二人が自分をどう思い、どうしたいのかを痛切に知りたがっている、信吾はそう思いこんでいた。だからそれが叶うように努力してきたつもりだった。

ところが、妙なずれがあったようだ。隔靴掻痒《かっかそうよう》の思いである。一体、自分のどこがちがったというのだ。なにをまちがえたというのだろう。

思いを巡らせるが、納得のいく答を見出《みいだ》せない。

――てまえはペー助さんにとって、そしてセツさんとスズさんにとって、気持をたしかめあい、いっしょに暮らしていくのが一番いいと思っておりました。それを実現することだけを考えてやってきましたが、まちがっていたのでしょうか。ペー助さんの思いとは、懸け離れていたということでしょうか。

——そうじゃねえ。ぎりぎりのところで、精一杯やってくれたと感謝しちゃいるが。

——だったらなにがちがうのですか。言ってください、まちがっていたとわかれば直しますから。てまえは三人がいっしょに、おなじ家で楽しく暮らしてもらいたいのですよ。

——その気持はわからねえじゃねえし、信吾が一所懸命やってくれていることには感謝してるんだ。だがな、おれが花川戸町のあの長屋で、セツやスズと暮らすことはできないのよ。

——てまえにはぺー助さんのおっしゃりたいことが、どうしてもわかりません。

——だろうよ。わかる訳ねえもんな。

——わかりたいです。わかれればなんとかできるかもしれません。でも、わからなければどうにもなりませんから。

——信吾よう。

——は、はい。

——いい人だなあ。いい人すぎるよ。おれら芸人は表面《うわべ》は和《なご》やかな笑顔でも、その裏では足を引っ張りあってる。商人だっておなじだろうが。それなのに、常に相手のことを考えて、自分のことは次に廻す。そんな、底抜けの人のよさでやってける訳がねえだろう。でも信吾はそれをやり続けるんだろうな。

信吾にすれば、ペー助がこの若い自分をどう見ているかなんて、どうでもいいのだ。そんなことを言っている場合では、ないではないか。

——どうするのが三人にとって一番いいか、まずそれを考えてください。それだけを考えてくださいよ。ペー助さんは、いえ、セツさんやスズさんも、できればこれまでの日々を取りもどしたいはずです。どういう形であろうといっしょにすごしたいはずです。なぜ正直にそう言えないのですか。

——痛いところを衝《つ》く。

——ごまかさないでください。

——セツやスズと暮らせる訳がなかろう。

——なぜですか。

——おれには七匹の子分がいるが、あの長屋でやつらの面倒まで見てもらうことなど、できる訳がねえだろうが。と言って、おれだけが二人と暮らすことなんざ、さらにできねえ。七匹の子分を、見捨てることになるのだからな。

——そうだ。そうですよね。ちょっとのあいだに微妙に事情も変わりますからね。子分の問題があったんだ。

曖昧な言い方をしながら、信吾は頭を可能なかぎり回転させた。

ふと思ったのは、子分のことは口実ではないだろうか、ということであった。セツやスズと心ゆくまで話しあって、ペー助が二人にとっていかに大切であるかを感じ、思い出してもらい、例え飼い犬としてでもいいからおなじ家で寝起きをしたい、というのが本心ではないだろうか。

ところが自分は、かつてのペー助とは似ても似つかず、紛れもなく犬の姿をしている。しかも信吾を唯一の例外として、人と話すことなど逆立ちしてもできはしない。

まず受け容れてはもらえないだろう。いくら元夫婦でも、元父娘でも、それは人の恰好をしていてのことだ。犬になってしまったのだから、いっしょに暮らせば昔の楽しく幸せだった日々のことを思い出して、辛くてならないにちがいない。

そう思うとだれだって躊躇《ちゆうちょ》して当然だ。となると九分九厘、望みは叶う訳がない。

だが、である。

人生、一寸先は見えない。だれにもわからない。ということは、残された一厘の奇跡が起きないとは言い切れない。いっしょに暮らせればいいが、そうでない場合は野良犬の親玉の座も残しておかねばならないのだ。

ペー助のそのような心の揺れが、子分を口実に出したのではないだろうか。

そうだ、そうにちがいない。となればこちらも子分を口実にすればいいということだ。

——ペー助さん。さっき、群を離れると子分たちが厭がる。できれば鬼新親分といつもいっしょにいたい、というのが子分たちの願いだとおっしゃいましたね。

——それがどしたい。

たまに一匹になりたいこともある、しょっちゅうじゃねえんだから大目に見ろ、って言ったんでしょ。

——ああ、言った。

——てまえに良い考えが浮かびました。元の親玉で狼の血が半分混じったのがいますね。そいつのことを、犬の仲間はなんと呼んでますか。

話が飛んだので混乱したようだが、ぺー助は「赤だ」と言った。

——もとの長屋でセツさんやスズさんと暮らすことになった場合ですが、こうしたらいかがでしょう。おれは長年、一匹狼として生きてきたせいか、

——犬だから、一匹狼ってのは変だぜ。

——言葉の綾《あや》じゃありませんか。幇間の宮戸川ぺー助として長年やってきたのなら、変な所で茶々を入れるのはやめてくださいよ。こちらは真剣に、ない知恵を絞ってんですから。

——す、すまねえ。

——顔が赤くなりましたね。白犬だからかな。

ひと声ワンと吠えた。

——これは失礼、てまえもつい釣られて。……えっと。

——おれは長年、一匹狼として生きてきたせいか、の続き。
うなずくと、ひと呼吸してから信吾は続けた。
——群になってすごすのが性分にあわねえ。どうにも息苦しくてならんのだ。だから
おめえらのことは赤に頼んで、一匹で気楽に生きていくことにする。もちろん、おまえ
たちは可愛《かわい》い子分だ。ほかの群と喧嘩するときは、遠慮せずに声を掛けてくれ。いつだ
って助太刀してやるからな。
——一体、どうなさるおつもりで、と訊くやつがきっといるだろう。
——わからん。旅に出るんじゃねえかな、くらいでいいのではないですか。
——信吾。
——はい、なんでしょう。
——おめえは頭はいいし、思慮深いところは並の若造とはひと味ちがうなと、おりゃ
感心しておったが、やはり浅知恵だな。
——それはまた、どうして。
——おれは花川戸の長屋で暮らすことになるんだぜ。あいつらの縄張りの内だ。そん
なことは、すぐバレちまわあ。
——だったら、こういうのはどうでしょう。
信吾は前置きして、すぐに考えを述べた。

——旅に出るんじゃねえかな。とは言うものの気紛れだから、どうなるかわかりゃしねえ。母親と娘だけで暮らしてる家なんぞがありゃ、物騒でならねえからと守ってやるかもしれんな。この鬼新さまが自分から番犬を買って出る、ってこともあるかもしれねえ。いずれにせよ先のことはわからんよ、ってのはどうでしょうね。

——なるほど、でありゃなにをやっても咎められることはない。少なくとも大目に見てもらえるって訳だ。知恵は絞れば出て来るもんだな。

——どうなるかわからないし、なにかあったらあったで、そのとき知恵を絞りましょう。

——そうだな。どうなるかわからんもんな。

そう言って、ぺー助は表情を暗くした。

——それに、いっしょに暮らすことなど、まず考えられねえし。

六

舟が栈橋に近付くと母子が、とりわけセツが複雑な、緊張しきった顔をしているのがわかった。

信吾は接岸するなり飛び移り、艫《とも》を引き寄せて栈橋に押し付けるように固定した。そうしないと、特に女性は乗り移るのにとても苦労するのである。猪牙舟は速いのだが、幅が狭いので不安定であった。そうでなくてもよく揺れるので、なるべく動かないようにしないと、乗ることすらできないのだ。

ペー助が船首を向いて猪牙舟の後部に坐っているので、セツとスズは着物の裾を捌《さば》きながら、向きあうように前部に並んで坐った。

――いつもながらいい女だな。惚れ直したぜ。

ペー助の思いを、信吾が言葉にして伝えると、セツはさすがに驚いたようであった。このまえ会ったときに、信吾には吠えなくとも気持を伝えられることを話してあるので、すぐにそれを思い出したらしい。

口に手の甲を当てて微笑《ほほえ》みながら、ペー助を見詰めたまま言った。

「自分の女房に世辞を言う人が、どこの世界にありますか」

以後の遣り取りは、ペー助が伝えた内容を信吾が通辞した言葉で進めることにする。

「こんな姿になっても、亭主だと思ってくれてるのかい」

「当たりまえじゃないですか。あたしの想い人《おもびと》は、宮戸川ペー助さんのほかにはいませんもの」

気のせいかセツの目は潤んでいた。

「そんな熱々なところを見せ付けられたら、妬《や》けてしまいますよ」そう言って、信吾は目をぐるぐると廻した。「と、これはてまえの正直な気持ですがね」

「おかしな人ね、信吾さんは。それにふしぎな人。あなたがいなかったら、あたしたちはこんなふうに会って話すことなど、できませんでしたもの」

「それにしても犬と話せる人がいるとは、思いもしなかったな」

「犬だけじゃありませんよ。カマキリや梟《ふくろう》、メダカやイトミミズとも話せますからね。もっとも話したいときには、ですが。普段、そこら辺にいる鳥や獣が人の言葉で話し掛けてきたら、うるさくてとても我慢できません」

「信じられませんけど、信吾さんがおっしゃるとなぜか信じられるわね」

「三歳のときに三日三晩、燃えるような熱を出して苦しんだそうです。てまえは憶《おぼ》えていませんが、両親《ふたおや》にすれば、それこそ地獄の苦しみだったでしょう」

「親御さんのほうが辛かったかもしれませんね」

「神さまか仏さまか知りませんが、さすがにこのままではいけないのではないかと、そんなふうに考えられたのかもしれません」

「そうですよ。そうにちがいないわ。神さま仏さまのご加護があればこそ、あたしたちも救っていただけたのだと思います」

「あ、そこまでそこまで。セツさん、てまえを拝まないでくださいね。拝むなら神さま仏さまを」

セツは澄まし顔で信吾を拝むと、二拍手一拝した。そればかりか、「信吾大明神さま」と唱えさえしたのである。

「これからたっぷりと話すことになりますから、そのまえに腹ごしらえをしましょう」

信吾は用意してあった折詰を全員に配ったが、ペー助の分はセツに渡した。折を開きながらセツが言った。

「ほしいものを言ってくださいね。取ってあげますから」

ペー助は折詰をじっと見ていたが、顔をあげると信吾に向かって口をもごもごとさせ始めた。信吾は何度もうなずいてから、「二人の遣り取りを言葉に直しますね」とセツとスズに言ってから、会話を再現した。

「おい信吾、これはもしかして宮戸屋に作らせたんじゃねえのか」

「さすがペー助さんだ。あなたが江戸で一番だと褒めてたから、だったら宮戸屋の料理を食べてもらおうと。あの見世は弁当を作ってませんので、これはペー助さんのための特別製です」

「だからってわざわざ作らせたのかい、しかも四人前も。おおきな借りができちまったなあ」

四人前でなく甚兵衛と常吉の分もだが、それは言わない。

「だって前祝いだもの。なんとしても、三人にいっしょに暮らしてもらいたいですからね。てまえからのお祝いだと思ってください」

実際の遣り取りをそのまま伝えたのだが、聞いていたぺー助が何度もうなずいたので、セツとスズはすなおに受け取ってくれたようだ。いや、もうすっかり信じているようであった。

早速いただくことになった。

「ちりめん鱧《はも》だそうです」

ぺー助のほしいものを、信吾が伝えると、「はいはい」と言ってセツはその料理を、自分の掌《てのひら》に取ってぺー助の口許に差し出すのであった。

オコゼ金山寺味噌《みそ》焼《や》き、酢取り茗荷《みょうが》、石ガレイ湯洗いなどを取ってもらって、いかにも美味《おい》しそうに食べたが、次は料理の品名ではなかった。

「おれはしばらくいいから、おまえもいただきなさい、とおっしゃってます」

信吾がぺー助の気持を伝えると、「では遠慮なく」とセツは箸を取った。

料理を堪能し、茶を飲み終えたとき、セツとぺー助を交互に見ていたスズが言った。

「あたし考えたんだけどね。父さんは人の言葉を話せないけど、取り決めをしておけば、あたしたち、お互いの気持をかなり細かいことまで伝えられると思うの」

相鎚《あいづち》を打つくらいでほとんど聞き役に徹していたスズの、初めての発言と言ってもよかった。セツもそれに思い至ったようである。

「たとえばどんなふうに」

「あたしや母さんが父さんに話し掛けて、その返辞が『はい』だったらひと声ワン、『いいえ』のときはふた声ワンワン、『どちらでもない、どちらとも言えない』は鳴かずにウーと唸ってもらうの。でも近くに人がいたら変に思われるから、吠えないで口を開けてその真似だけしてもらうの。唸るときも口を尖《とが》らせるだけよ」

「いいかもしれないわね」

セツが同意したので、スズはペー助にゆっくりと話し掛けた。

「では始めますよ。いいですね。父さんはスズのことを好きですか」

ワン（もちろん口の開閉だけだ）。

「母さんは嫌いですね」

ワンワン。

「明日は晴れかしら、それとも雨かしら」

ウー。

スズは得意でならないという顔になって、父と母を、そして信吾を見た。セツがにっこりと笑った。

「いいかもしれん」

ペー助も満面に笑みを満たした、と信吾は信じた。

「ね、これだけでもかなり気持は伝えられるわ。いっしょに暮らせば、少しずつかもしれないけれど、もっともっと、いろんな方法を思い付くと思うの。だから言葉なんかに頼らなくても、心を通じあえるようになるのではないかしら」

「スズの言うとおりかもしれないわ。なまじ言葉なんてややこしいものがあるために、却《かえ》って相手の本心がわからなくなることだってあるのだもの」

「よく考えたものだな。わが娘だけあって実に頭がいい。と、これはペー助さんのお言葉です」

スズがパチパチと手を叩いた。

信吾は思わず、胸にこみあげて来るものを感じた。

あれだけ父に会うのに反対していた娘だが、父が犬になったのが厭というより、そんな父にいかに接すればいいかがわからなかったのだと思い至った。ところが母とともに会うことが決まると、犬になってしまった父と暮らすには、どうするのが一番いいかと、それをひたすら考えていたのだ。そしてほんの突破口でしかないかもしれないが、最初の扉を開くことに成功したのである。

ちょうど潮合いで、満ち潮と引き潮の釣りあいが取れて水面はおだやかであった。だから信吾は櫓櫂《ろかい》を引きあげたままにして、家族の会話に控え目にではあるが加わることができたのだ。

これで家族はさらに強い絆《きずな》で結ばれるだろう。その思いが強いだけに、逆に信吾には、不安が心の奥に巣喰ったような気がしてならなかった。

あまりにも思い通りに進みすぎたのである。こんなときには、得てして陥穽《かんせい》が待ち受けているものなのだ。二人と一匹ではなかった、三人の笑顔があまりにも幸せそうなので、却って信吾は心配にならざるを得なかった。

今は久し振りに三人がそろい、期待と不安のうちに家族としての繋《つな》がりをたしかめようとしている。舟という別世界で波に揺られ、風に吹かれて、信吾という他人がいっしょという緊張もあった。ある意味でさまざまな均衡が、微妙に取れていると言ってもいいだろう。

ところがそれは不安定極まりなく、わずかな力によってすら壊れてしまいかねなかった。

セツとスズはいっしょに暮らしているつもりでも、周りの人の目には犬を飼っているとしか映らない。ほかの飼い犬とのあれこれもあれば、犬を毛嫌いしている人もいるだろう。

それよりペー助は芸人で、それも派手で目立つ幇間であった。その姿が見えないとなると、なにかと噂《うわさ》になるにちがいない。セツをねらっている男も、いや男たちかもしれないが、これまで以上に執拗に迫るはずである。まさかペー助の不在と、突然飼われることになった犬を結び付ける者はおるまいが。

「それよりぺー助さんの姿が見えないので、なにかとうるさいのではないですか」

「頼まれて旅興行に出てますと、言《い》ってますけどね」

「しかし、幇間の芸は座敷でこそ活きるし、あの粋は江戸でなければわからないのではないですか」

「信吾さんの言うとおりだぜ」

当人のぺー助には、一番わかってることだろう。

「なんでも江戸で遊んだことのある田舎のお大尽が、なんとしても惚れこんだ宮戸川ぺー助の芸を、みんなに見せたいと」

「でっけえ風呂敷を拡《ひろ》げたところは、さすがわが女房」

叱ると思ったら、ぺー助は女房を持ちあげたのである。この開けっぴろげさでなんとか乗り切るだろうとは思ったが、そうは言っても簡単ではないだろうなと、信吾は他人事《ひとごと》ながら気にせずにはいられなかった。

いずれにせよ三人で暮らすことになったのだ。これだけ固い結び付きなら、たいていのことは乗り切れるのではないだろうか。

七

昼前の四ツ半（十一時）というころあいであった。格子戸の開けられる音に、客だと思ってそちらに目をやった信吾は、思わず声に出していた。

「宮戸川ペー助さん」

初めて見た顔なのに、男を見た瞬間に信吾は思わず呼び掛けていた。

六尺（約一八〇センチメートル）と長身だが、贅肉《ぜいにく》はいっさいない。そして男にしては色白であった。目はおおきくて黒目がち、眉は濃すぎず薄すぎず、目とともに顔立ちをすっきりさせている。

それがまちがいないことは、すぐに証明された。男のおおきな体のうしろから、二人の女が笑顔を見せてお辞儀したからだ。

女房のセツ、そして愛娘のスズであった。

将棋会所「駒形」の客が一斉に出入口に目をやって、「ホーッ」と声を漏らす。「ペー助さんじゃないか」などの声もした。当然だが浅草の住人なので知っている者も多いのだ。本人はともかく、セツのことは知らないらしい。客たちは口を開けて、色気の零れるようなセツに見惚《みと》れていた。

「旅に出ているあいだ、席亭さんにはお世話になりまして、本当にありがとうございました。本日はささやかなお礼に、宮戸屋に席を設けさせていただきました。そう長くはならぬようにいたしますので、どうかご同道願います」

そこは芸人である。信吾に同意を求めながら、その場の人たちにどのような効果をあげるかを、十分に計算した言い方であった。

ちらりと甚兵衛を見ると、「どうかごゆっくり。あとはお任せを」と気持よく引き受けてくれた。

信吾は雪駄《せった》を突っ掛けて、親子とともに外に出た。

黒船町の「駒形」から東仲町の会席、即席料理の「宮戸屋」までは、八町（約九〇〇メートル）ほどしか離れていない。

「しかし、どういうことで」

「どうもこうもありやせん。気が付くと犬になっていたように、あれっと思ったら人にもどってましてね」

「いつですか」

「ゆうべ遅く。それでともかく信吾さんに報告とお礼をと、先ほど宮戸屋に席を頼みまして、その足でこちらに」

「気を遣っていただいて恐縮です。てまえはお礼をされるようなことは、なに一つしておりませんのに」

「いえ、なにからなにまで、相談に乗っていただきやした」

それにしても、真っ白な犬に話し掛けられたときには、さすがに信吾は驚いた。白犬は人に近いと言うが、まさか人にしてもらいたいとの相談ではないだろうなと思ったのである。しかしそうではなくて、犬になった体を元の人間にもどしたいということかなと考えを変えた。ところがそれが頼みではなく、女房と娘となんとしても話をしたいとのことであった。

「それくらいなら、てまえにもできなくはないかなと」

「お蔭で親子がいっしょに暮らせるようになったんですがね、あっしは、人にもどれたのも信吾さんのお力だと」

「だから、ちがいますってば」

などと言っているうちに、かれらは宮戸屋に着いた。

暖簾を潜《くぐ》ろうとすると、ペー助の上背があるためかもしれないが、気付いたらしく、すぐに母の繁が姿を見せた。そして「あらッ」と言いながら、ペー助と信吾を交互に見たのである。

「どういうことかしら。ペー助さん、まさかこの人が」

「そうですよ。さっき言ったあたしの恩人」

「あらま、たいへん」

「女将がこんなにうろたえたところを見るのは、初めてだね」

「失礼いたしました。どうぞ、こちらへ」

店先での遣り取りはさすがにみっともないと気付いたのだろう、繁は普段の女将にもどって静々と先導した。

通されたのは奥の、坪庭に面した離れである。繁は両手を突くと、深々と頭をさげた。

「先ほどは、はしたないところをお見せしてたいへん失礼いたしました。どうかごゆるりと、おくつろぎくださいませ」

「ええ、そうさせてもらいますが」

そう言ったペー助は、繁と信吾を交互に見てから素っ頓狂な声を挙げた。

「まさか、信吾さんが女将の息子さんだなんて」

「そのまさかでございます。ペー助さんが恩人にお礼をしたいので、一番いい部屋と申されました。どんな立派なお方かと思っておりましたら、思いもしない息子だったものですから。これほど驚いたことはありません」

「信吾さん。そりゃ人が悪い。悪すぎる」

言われて信吾は笑うばかりなので、繁が怪訝《けげん》な顔になった。

「なにかあったようですが、どういうことでございましょう」

客に楽しく喋ってもらうという女将の心遣いでなく、繁は母親として聞きたかったようだ。だから信吾は、一番言いたかったことを打ち明けた。

「宮戸屋は江戸一番の料理屋だと、ぺー助さんが褒めてくれたんです」

「ありがとうございます」

「ところが」

信吾は母の好奇心をさらに掻《か》き立てようとしたが、すかさずぺー助が泣きを入れた。

「信吾さん、それは勘弁してくだせえ」

もちろん勘弁する訳にいかない。

「残念なことに宮戸屋は今の代でお終いか、って」

「あらま、大変。でも、なぜでしょう」

「跡取りがとんでもねえ馬鹿だからと、はっきり言われました」

「信吾を見ただけでわかったのですね。さすが、江戸で何本の指に数えられる芸人さんだわ」

「母さんもひどいなあ。こう言われたんですよ、ぺー助さんに。馬鹿も馬鹿。類を見ねえ大馬鹿野郎さ。あんないい店の跡を継ぐ気がねえってんだから、呆れてものが言えねえほどの大馬鹿だぜ」

「そこまでひどく言われて、信吾は黙って引きさがったの」

「引きさがる訳にまいりません。だから言ってやりました」と、そこで間を置くと母が焦《じ》れるのがわかった。「たしかに跡取りの兄は大馬鹿者です。だから宮戸屋は弟が継ぐとのことですよ。兄は大馬鹿かもしれませんが、弟はとてもまじめな若者のようですから、大丈夫でしょうって」

ペー助が恨めしくてならぬという顔で言った。

「信吾さん。なぜ先に宮戸屋の御長男だと、打ち明けてくれなかったのです」

「だって話そうと思った矢先に、東仲町の宮戸屋は江戸一番の料理屋だと言われましたから。今さら、実はてまえは宮戸屋の倅だなんて、言えないじゃないですか」

にこにこと話を聞いていた母が、ペー助とセツ、そしてスズに頭をさげた。

「今日は本当に楽しいお話を聞かせていただき、ありがとうございました。では、ごゆるりと」

繁が辞するのを見送ったペー助が、なんとも複雑な笑いを浮かべた。

「座を取り持つのが仕事の幇間が、いい肴《さかな》にされちまった。サマにならねえなぁ」

「でも楽しかったわ」

セツがそう言うとスズが言った。

「あたしは辛かったし、苦しかった」

思い掛けない反応に大人たちは顔を見あわせた。三人を焦らす気はなかっただろうが、堅い顔付きのまま順番に見てからスズは言った。

「だって、噴き出しそうになるのを、じっと我慢しなければならなかったのだもの」

この娘、いつの間にか話の筋の運び方について、多くのことを両親から吸収していたようだ。にっこり笑ってセツが引き取った。

「なにがおもしろいと言って、お二人が自分たちで気付きもしないのに、まるで示しあわせたように話をおかしくしていった点だわね。ぐるぐる廻るだけじゃなくて、廻りながら次第に上って行くの。螺旋《らせん》になった梯子段《はしごだん》を上って行くように。宮戸屋の倅の話なんて、ペー助さんは信吾さんがそうだなんて思いもしなかったし、信吾さんは気付いたらそれを打ち明けられなくなったのでしょ」

「ですよね。気付いたときには、なんとしてもそれを知られぬようにと必死になってましたもの」

信吾の言葉に、セツは顔を輝かせて亭主に言った。

「ねえ、ペー助さん。お座敷で旦那方に、ペー助、近頃なにかおもしろい話はねえか、と言われることがあるでしょ」

「ああ、しょっちゅう言われてるさ。あれこれ考えちゃいるが、おもしろい話がそう転がってる訳でもねえし」

「だったら宮戸屋の馬鹿息子の話、あ、信吾さんごめんなさいね、これはお話のことですから」

「いや、セツさんのおっしゃるとおりです。とてもいいですよ。勘ちがいと、喰いちがいの話の連続ですものね。きっと大受けすると思います」

信吾がそう言うと、ぺー助は迷ったような表情になった。

「だが、そうすりゃ、信吾さんは宮戸屋の札付きの馬鹿息子の看板を、一生背負うことになっちまう」

「そんなことくらいなんでもありませんよ。それより宮戸屋の評判が高まるほうが、遥《はる》かにおおきいですから。まさに札付きの馬鹿息子で、息子らしいことをなに一つできませんでしたもの。ぺー助さんのお蔭で、生まれて初めて親孝行ができます」

「信吾さんにそこまで言われちゃ、男として黙ってられないね。よし、こうなりゃ、よろず相談屋と将棋会所の駒形を、芸人仲間に広めやしょう。あっしがチラシ、ビラになりまさ」

「それはありがたい。駒形はまずまずお客さまが見えてますが、相談屋のほうは閑古鳥が啼いてますのでね」

「芸人なんて派手な、見てくれの、見栄の塊でしょ。程度の差はあっても、悩みのねえやつなんていやしません。なにしろあっしが見本みたいなもんですからね、よろず相談屋がいかにありがたいかの」

そう言うと、ペー助は先日の猪牙舟でのセツのように信吾を拝んだ。そして二拍手一拝すると、「信吾大明神さま」と唱えた。

「よしてくださいよ、ペー助さん」

「失礼いたします」

襖《ふすま》を開けて酒肴《しゅこう》を運んだのは、仲居を従えた大女将の祖母咲江であった。どうやら繁から話を聞いて、我慢できなくなったらしい。

「お話が弾んでよろしゅうございます」

「いえね」と、ペー助が言った。「信吾さんのよろず相談屋を訪ねてからというもの、なにもかもがいい方向に廻り始めた気がするのですよ」

「そう言っていただけるのは、ありがたいかぎりです。どうか今後とも、宮戸屋ともどもよろず相談屋を、よろしくご贔屓願いたく存じます」

本当はペー助の話をもっと聞きたくて堪《たま》らなかったのだろうが、咲江は大女将らしい貫禄で辞したのであった。

「おっといけない。相談料を渡すのを忘れるところだった」とペー助は、懐からちいさな紙包みを出して信吾のまえに置いた。「怒らねえでいただきてえんですが、たったの一分です。あっしがしばらく仕事をしなかったので、これだけしかお渡しできません」

一分といえば一両の四分の一である。太郎吉に猪牙舟を借りた礼金や、母に作ってもらった特製弁当代、信吾の手間賃などを考えれば、とてもではないが元も取れない。

しかし信吾は、親子三人がいっしょに暮らせるなら、相談料は度外視していいと思っていた。犬になっていたあいだは無収入なのだから、この金を用意するだけでもたいへんな苦労をしたかもしれないのだ。

「ありがたく頂戴致します」

信吾は紙包みを手に取ると、額のまえで拝むようにしてから懐に収めた。

「ありがたい。あたしゃ、突っ返されるかもしれねえと思ってたんです。これから精一杯稼いで、毎月、今日の分を含めて二十回、かならずお持ち致しますんで」

となると合計五両、たいへんな額である。これから毎月、ぺー助、セツかスズのだれかが、相談料をお届けにまいりましたと、残り十九回やって来るのだ。他人の目には、「よろず相談屋」が繁盛しているように見えることだろう。信用が付いて、依頼人が増えることが期待できる。

ぺー助が、芸人仲間を紹介すると言ってくれた。そんなこんなで、もしかすると軌道に乗るかもしれないな、と楽天的な信吾はぼんやりと思い描いていた。

「しかし、今度のあれは一体なんだったんだろうな」

静かになったとき、ぺー助がしみじみと言った。あれとは、突然犬にされ、何の予告もなく人にもどされたことだろう。

「ペー助さん、人気が出てきて家のことを、セツさんやスズさんのことを構わなくなっていたでしょう」

信吾がそう言うと、ペー助より先にセツが言った。

「あら、芸人は人気稼業ですからね。あたしたちは気にしてませんよ」

いくらかムキになって言ったところを見ると、スズがいるために口にできないこともあったにちがいない。芸の肥やし、などと男にとって都合のいい言い廻しがあるが、ペー助に惚れ抜いたセツには、さぞや辛いこともあったはずだ。

となるとセツの代弁をしなければ、と信吾は思った。

「ペー助さん。あれは懲らしめで、予告でもあったと思うんですがね」

「懲らしめで、予告だって」

「ええ、セツさんとスズさんを大切にしないと、ふたたび犬にもどして、今度は人間にしてあげませんよ、という」

「おお、怖い」と、ペー助はおどけた。「信吾さんに言われるまでもねえよ。二度と、娘に薄汚い野良犬、女房に沸いたお湯ぅぶっ掛けてやる、なんて言われたくないもんな」

「でも信吾さんと知りあえなかったら、あたしたちこんなふうに、楽しく話しあえるようにはなれなかったのだわ」

セツがそう言うと、スズはちょっと首を傾《かし》げた。

「あたし、話せなかったけど、犬の父さんと気持を通わせることができて楽しかった。もしかしたら人のときよりも」

「仕事でほとんど家を空けてたものな」

少しだがしんみりしてきた。この雰囲気を味わっていたい気もしたが、信吾はいくらか流れを変えたくもあった。

「ペー助さんは人にもどれましたが、手放しで喜べないことはありませんでしたか」

「そうさなあ。今朝、長屋を出て宮戸屋に来る途中で、昨日まで子分だった一匹を見掛けたのよ。それで言ってやった。しょぼくれた面ぁすんな。腹ぁ減ってんなら遠慮なく言えよ。なんか喰わせてやっからって。ところが胡散臭《うさんくさ》さげにジロリと見て行きやがんの。情けないことに、あっしは人にもどるなり、犬と話せなくなっちまった。相手はなにか伝えようとしたかもしんねえが、犬の言葉がわかんなくなっちまったんだ」

「なんだか犬にもどりたいみたいね。人にもどれてあれだけ喜んでいたのに。逆もどりして、ワンワンとしか言えなくなったらどうするの」

セツの言葉にペー助の全身が緊張した。耳がピンと立った（ような気がした）。

それからゆっくりと首を廻し、ペー助はセツを、続いてスズを見た。二人の顔から笑いが消え、表情が次第に硬くなり、やがて強張ってしまった。

母と娘は顔を見あわせた。ただならぬことが起きたことを感じたようだ。

ワンワンと、セツを見てペー助が吠えた。

ワンワンと、スズを見てペー助が吠えた。

ワンワンと、信吾を見てペー助が吠えた。

突然、スズがペー助にぶつかるように抱きついて、ワーワーと泣き始め、たちまち号泣になった。それなのにペー助は、真っ直《ま》ぐ《す》まえを向いたまま表情を変えもしない。

事態の異様さに、信吾も緊張せずにいられなかった。

セツがおずおずと、ペー助とスズに身を寄せた。

信吾は静かに見守っていた。見守ることしかできなかったのだ。

随分と長い気がしたが、やがて信吾は自分の願いどおりに事が進むのを、その目でたしかめることができた。

ペー助の手が、腕が、見た目にはわからぬほどの動きで、女房と娘の脇腹を滑るように撫《な》であがり、肩に届くと力強く抱きしめたのだ。

セツとスズが同時に顔をあげた。輝きが顔を満たした。

「ごめんよ。ちょっと驚かせたようだな」

「父さん」

「おまえさん」

二人が同時に言って、ペー助にむしゃぶりついた。ペー助が女房と娘を抱きしめる。

信吾に見られているのに気付いて、ペー助がニヤリと笑い、片方の目を瞑《つぶ》って見せた。信吾も笑いを返したが、ペー助の目に薄っすらと涙が浮いているのを見た。

——鬼の目にも涙ですね、鬼新さん。だけどきれいな涙ですよ。澄み切った、とてもきれいな涙です。秋の朝早くに、路傍《みちばた》の草の葉で輝く、露のような涙です。

信吾は胸の裡で語り掛けたが、犬から人にもどったペー助の心には届かなかったかもしれない。

夢のままには

一

八ツ半（午後三時）ごろであったろうか。

老人は右手で杖《つえ》を突き、左腕の肘の辺りを十歳くらいの女の子に支えられるようにして、将棋会所「駒形」にやって来た。格子戸を開けた二人を見て、小僧の常吉が席料を受け取るために小盆を持って出た。

「いくらですかな」

老人に言われて、常吉は壁に貼られた料金表を示しながら言った。

「席料を二十文いただきます。お望みでしたら、指導や席亭との対局も受けております」

老人は巾着《きんちゃく》から小銭を取り出して渡したが、それを見て常吉が半分を返そうとした。

「お一人さま二十文で、付き添いの方の分はいただきません」

客は初老から老人にかけてが多いので、朝連れて来て、昼に弁当を届け、日が暮れかかると迎えに来る孫や若い奉公人などもいる。敷居を跨《また》いだらお客さんだから、席料をいただきなさいと常吉には言ってあるが、付き添いの分まで取る訳にはいかない。

「付き添いはてまえのほうでしてな」

「えッ」

驚いた常吉が女の子を見て真っ赤になるのを、信吾は意外な思いで見ていた。常吉が食べること以外に、これほどの関心を示したことはなかったからだ。

子供が、それも女の子がなぜ将棋を指すのか、いや指そうと思ったのかが、ふしぎでならないにちがいない。

「駒形」では二十代や三十代は若手であった。

老人の客を相手に毎日退屈し切っている常吉には、自分より年下の、しかも女の子が将棋なんぞに興味を示すこと自体が、不可解だったはずである。とても信じることができないのだろう。だからまじまじと見て、そんな自分に気付いて顔を赤らめたのだと思われた。

女の子はくりくりとした輝きの強い目をして、なかなか利発そうであった。

「足元にお気を付けて、どうかこちらへ」

対局も指導もなかったので、信吾は本を読んでいた。隣の席が空いていたので、そこに坐《すわ》るように二人をうながす。

「若輩者で驚かれたでしょうが、てまえが当将棋会所のあるじで信吾と申します。どうぞよろしくおねがいします」

「平兵衛《へいべえ》でございます。これは孫のハツでして」

「平兵衛さんが付き添いということは、おハツさんが指されるのですね」

「はい。付添人でありながら、てまえのほうが孫娘に付き添われておりますので、小僧さんにまちがわれるのもむりもありません。もっとも見物させてもらいますし、できればどなたかと指せればと思っております。ですので代金は二人分払っておきました」

「ありがとうございます」

信吾が目を見ながら笑い掛けると、ハツはあわてて下を向いたが、頬がポーッと染まるのがわかった。

「するとちいさいときから、平兵衛さんの手ほどきで」

「いえ、まだ一年にもなりません。教えてくれと言うので、おもしろがって始めたのですが、すぐに追いつかれ、追い越されました。じいは下手すぎてつまらないと言われましてね。浅草黒船町に、将棋会所があると聞きましたものですから」

「すると、どちらからお見えになられたのでしょう」

この界隈《かいわい》の住人なら、浅草を入れずに単に黒船町と呼ぶ。

「表町《おもてちょう》からでして、本所の」

「そうしますと、渡しで」

吾妻橋の少し下流に竹町《たけちょう》の、浅草御蔵《おくら》の北からは御厩《おんまや》の渡しが出ている。

「歩いて来ました。渡しが二つありますが、ともに中途半端でしてね。それに船待ちを考えますと」

「なるほど」

「どうぞ」

茶を淹《い》れた常吉が、湯呑茶碗《ゆのみぢゃわん》を三つ盆に載せて持って来ると、ハツ、平兵衛、信吾の順に置いた。

お茶を出すときには年輩の人から、お客さまと信吾に出す場合はお客さまから先にと教えておいた。後者はまちがえなかったが、前者を忘れてしまっている。一番若いハツから出すなんて論外だ。何度注意したらわかるのだろう。

本所の表町からだと竹町の渡し場の桟橋へはすぐだが、船を降りてから六町（六五〇メートル強）ほど下流へと歩く必要がある。

本所から「駒形」へは御厩の渡しを降りて少し北に行けばいいが、平兵衛たちの住まいのある表町からだと、乗船場へ行くには、吾妻橋から黒松町まで歩くのとおなじくらい歩かねばならなかった。

右岸と左岸のちがいはあるが、どっちにしてもほぼ同距離を歩くことになる。

たしかに中途半端であった。渡し船が出るまでの待ち時間を考えたら、歩いたほうが確実ということだろう。

常吉が盆を抱えたまま坐っている。

「さがっていいぞ」

「へーい」

返辞だけはいいが、動こうとはしない。

「そうしますと席亭」と、一つ離れた席で対局していた甚兵衛が言った。「川向こうからのお客さまとなりますと、将棋会所『駒形』も少しは名を知られるようになったということですよ。あ、平兵衛さんでしたね。割りこんでしまって申し訳ありません。この会所の古株で甚兵衛と申します。どうかお見知り置きを」

「はい。こちらこそ、どうかよろしく」

平兵衛とハツは、信吾の隣の席に盤を挟んで坐っていた。信吾の右前方に坐ったハッは、自分の隣で指している二人の盤上に、ちらちらと目をやっている。勝負が気になってならないらしい。よほど将棋が好きなのだろう。

「それにしても、一年もせぬうちにおじいさんを追い越したとなると、おハッさんはすごいなあ」

信吾がそう言うと、平兵衛が顔のまえで手を横に振った。

「いえ、てまえがヘボというだけでして」

「でも、じいちゃん、町内で一番」

「そのじいちゃんに勝ったんだから、おハツさんが一番だな」

表町はいくつもの区画にわかれているが、ハツが言っているのが表町全体なのか、区画の一つなのかまではわからなかった。

「この辺りは、ゆったりしてよろしいですなあ」

そうつぶやいた平兵衛の視線を追うと、塀の向こうに帆掛け船の帆柱と帆の一部が見えていた。海からの風を受けて、上流へと滑るように溯《さかのぼ》っている。

平兵衛とハツの住む表町は、大名の下屋敷や旗本屋敷、また小者たちの組屋敷、そして寺と町家が混在した地域にある。

寺は数から言うと本所中の六割かそれ以上が一帯に集まっているが、ちいさな寺がほとんどであった。本所も横川の東になると、寺地が七千九十二坪の霊山寺、八千二百二十七坪の法恩寺などがある。平兵衛たちの住む表町の辺りでは、敷地の広い妙源寺でも二千二百十六坪しかなく、千坪前後かそれ未満が大半だ。

そのため東にゆったりと大川が流れる「駒形」のある黒船町などは、別天地に思えるのかもしれなかった。

常吉は盆を抱えたおなじ恰好《かっこう》で坐ったままだが、ときおりハツを見ては目を伏せることを繰り返している。

「おハツさんがどのくらい指せるかわかりませんので、とりあえずてまえと手合わせ願いましょうか」

信吾がそう言うとハツは顔を輝かせた。

「えッ、席亭さんと。ほんと、本当ですか」

たいへんな喜びようで、座蒲団《ざぶとん》の上で踊り出すかもしれないという気さえした。

顔を輝かせながらハツが平兵衛を見たが、その表情にちらりと、ためらうような色が見えた。

「あ、平兵衛さん。指導料とか対局料は不要ですよ。おハツさんは初めてですのでね、どの程度の腕なのかわからないと、相手をしてもらう人を決められません。将棋はおなじ力の者同士が指すのが、一番いいんです。本当は常にちょっとだけ強い相手と指せればいいのですがね」

信吾が平兵衛に話しているうちに、ハツは信吾のまえに席を移し素早く駒を並べていた。並べ終わると盤をくるりと廻《まわ》して、自陣の駒を並べ始めたのである。

ハツが並べ終えたのを見ると、随分と速かったにしては、斜めになるとか、枠からはみ出した駒は一枚もなかった。いや、驚くほど整然と並べられていたのである。

平兵衛は、ヘボだから孫娘のハツにすぐに追いつき追い越されたような言い方をしていたが、将棋を指す上での心得はきちんと伝えていたようだ。

信吾が坐り直して背筋をシャンと伸ばすと、ハツがぺこりとお辞儀をした。

「お願いします」

言われて信吾も頭をさげた。

先刻からの遣《や》り取《と》りが気になってならなかったのだろう、客たちが二人の周りに集まって来た。

ハツはまず、飛車《ひしゃ》先の歩を突いた。信吾はハツに付きあって、しばらくはごくありふれた指し手で応じた。

「学ぶは真似《まね》ぶ」と言うが、初心者は教えられたことを忠実に再現することから始める。だがそれは階段を一段ずつ上るようなものなので、次にどう来るかが読めてしまう。もっとも初心者にかぎらず、長年指していてもほとんどの者がそうであった。

信吾は十数手目で誘いの手を指した。相手に攻撃させようと隙を見せたのである。大抵の者なら、待ってましたとばかりに攻め掛かる。

ところがハツは無視した。挑発に乗らなかったのだ。隙に気付かなかったのでないことは、それまでの指し方で明らかであった。

ハツは信吾に下駄《げた》を預けたのである。十歳になったかならぬかの、女の子のやることではない。信吾は改めて盤面に向き直った。

それからの十数手は静寂の中で、淡々と進められた。

信吾は舌を捲《ま》いた。

誘いや引っ掛けに簡単に乗らないし、張り手、つまり動揺させるための揺さぶりにも動じなかったからだ。

表面上は波風が立つこともなく進んでいたが、しばらくして信吾が指した手にハツの動きが止まった。膝に両手を突き、伸《の》し掛かるようになって盤面を凝視したまま、微動もしなくなったのである。

「駒形」に来る客を、信吾はおおまかに上中下にわけていた。上が一割、中が二、三割、下が六、七割の見当である。

下のほとんどは、将棋は大好きだが、自分に力がないことはわかっている連中。暇潰しに、あるいは「駒形」に来れば話し相手がいるからという者が多い。

覚え始めたばかりの初心者は、下に分類されることになる。その後は個人差があって、すぐに中に上がる者もいたが、それはごく一部だ。

中は二つにわけられる。才能はさほど感じられないのだが、強くなりたくてひたすら努力する者と、素質がありながら、そこそこ指せて楽しめればいいと思っている欲のない連中に、である。

上は素質もあり努力もするが、ごく少数しかいない。実際は一割にも達していないだろう。

ハツはわずか十歳、しかも始めて一年ながら中の上か上の下、つまり上と中の境界辺りの実力があるのがわかった。これはたいへんなことである。通常では絶対にあり得ないと断言してもいい。

長考に入ったようだなと思っていると、ポタポタと音がした。盤上に屈《かが》みこんだハッが、涙を落としていたのだ。

全力を尽くして指し進み、どうにも信吾にはかなわないことがわかって、口惜《くや》しくてならないらしい。相手が会所の席亭なら当たりまえのことだが、それが口惜しいとはよほどの負けず嫌いということになる。祖父を一年もせぬうちに追い越したのも、当然かもしれない。

躊躇《ちゆうちよ》せずにいられなかった。

今後のハッにとって、信吾のひと言がいかにおおきな影響を与えるかが、ひしひしと感じられた。それだけに、迂闊《うかつ》に言葉を発することはできない。

試されている。将棋会所のあるじとしての資質が問われている、と信吾は思った。

なおもハッの涙は落ち続け、盤上の涙の輪がおおきくなっていく。

「泣いて強くなるとお思いなら、いくらでもお泣きなさい」

ハッの嗚咽《おえつ》が止《や》み、しばらくは身じろぎもしなかった。

やがて顔をあげると、ハッは信吾をキッとした目で見た。それから懐から手巾《しゆきん》を出して涙を拭い、続いて盤面の汚れを拭き取る。

拭き終えるのを待って信吾は言った。

「並べ直してみよう」

「はい」

駒を並べ終わるとハツが頭をさげたので、信吾も一礼した。

互いにひと言も発することなく、ハツと信吾は先ほどの勝負の跡を辿《たど》った。勝負の検討に入ると、要所要所で自分の感じたことや、ほかに考えられる指し手などを示すのだが、信吾は淡々と指すだけでひと言も挟まなかった。

見物している客も、ただ黙って見守っている。

盆を抱えたままの常吉は、将棋を知りもしないのに、坐ったまま動こうとしなかった。冷静沈着な信吾の表情を、頬を紅潮させたハツの横顔を、駒を進めるしなやかな指を見ているのである。

「ここだった」

ハツがポツリと漏らした。

「ああ、そこだ」

「ここだったんだ」

そのつぶやきは、年齢にふさわしい子供っぽいものだった。そして泣いたあととは思えぬほど、明るかったのである。

先ほど手が止まって泣き出した三手まえで、ハツは読みちがえた、あるいは自分が気付かなかったことがわかったのだ。

「将棋で大切なのは、相手の一番の弱みがどこであるかを見抜けるかどうかだ。まだはっきりとそうなっていなくとも、やがて弱みになりそうだとわかると、相手がそうなるように、そうするように仕向け、追いこんでゆくことができる」

「相手が一番攻められたくないところを、攻めに攻めるのね」

「そう。一番嫌がることをやる。と言うことは」

「自分の弱みに相手より先に気付くこと」

「そうだ」

「でも、守りのために一手を遣えば、相手に先手を取られてしまうわ」

「だから守らない」

「守らなければ攻められるでしょ」

「相手に攻められるまえに、自分が先に攻めて、しかも攻め続ける」

「だって、攻めきれずに息切れしたらお終《しま》いだわ」

「攻めながら自分の弱みを補う。攻め続けることで、相手に自分の弱みに気付かせない。息つく暇もなく攻める。攻撃は最大の防御と言って、攻めることが自分を護《まも》ることにもなるのだ。ただし、思い付きだけで無鉄砲に攻めては自滅するしかない。つまり自分から崩れてしまう」

ハツはこくりとうなずいたが、信吾の言ったことが納得できたのだろう。だから信吾は何手かの可能性を示してから、ハツに言った。

「となると」

「この手しか考えられないわ」

そう言ってハツは金将を斜め右上に移した。

「そう、その手しかない」

「じいちゃん」と、ハツが真剣な顔で平兵衛に言った。「あたし、ここで教えてもらいたい」

「手習所はどうするつもりかな」

「通うわよ。だって楽しいし、おもしろいもん」

「となるとここに来られるのは、休みの日だけだぞ」

ハツの通う手習所《てならいじょ》は、五ツ（午前八時）から八ツ（午後二時）までとなっている。それから通うと、着くのは八ツ半（午後三時）になるだろう。「駒形」は七ツ（午後四時）ごろまでだから、わずか半刻《はんとき》（約一時間）しか学べない。

手習所の休日は、ほとんどのところがそうであるように、一日、五日、十五日、二十五日となっている。手習所が休みの日なら、朝から夕方まで将棋を指してすごせると平兵衛は言いたいのである。

「手習所は朝だけにしようと思うの」

九ツ（正午）から九ツ半（午後一時）までが食事時間で、手習子は家に帰って食べる。雨降りには弁当を持参することもあった。少し遠くからの子は弁当を持って来る。

「お昼ご飯のあとは、朝やったことの復習《おさらい》なの。だからちゃんと頭に入っていれば、出なくていいでしょう」

九ツになったらすぐ家に帰ってご飯を食べ、「駒形」に向かう。九ツ半を少しすぎたころに着くから、七ツまで一刻半（約三時間）近く学べる。

「そんだけあったら、たっぷりとはいえなくても、かなりのことはできるもん」

「雨降りや風の強い日はだめだぞ」

「うん」

「じっちゃの具合の良くない日もだめだが、それでもいいのか」

「いい」

ハツにすればそう答えるしかない。十歳の女の子が、一人で川向こうに出してもらえることなど、できはしないのだから。

ということで、ハツは「駒形」で学ぶことになった。しかし、その対戦相手はだれでもいいという訳にはいかない。

案外と難問になるかもしれんな、と信吾は思った。ハツと同等となると中の上か上の下となるが、該当する客はそれほど多くない。

いやそれよりも、自分は指せる、力があると自認している者ばかりである。ハツに負ける訳がないと思っているだけに、万が一、負けた場合のことを考えると二の足を踏むかもしれないのだ。なにしろ十歳の、それも女の子である。

負けたらみっともなくて、会所に顔を出せないと思うのではないだろうか。逆に負かせてしまうと、口惜しくて泣き出すかもしれない。

いい齢《とし》をした男が女を泣かすなら色っぽいが、相手が女の子では、まるでいじめているようにしか見えない。だからいくらハツが指したくても、だれも相手になってくれないということも考えられた。いや、その可能性が大であった。

その場合は席亭である自分が、駒落ちで相手するしかないな、と信吾は腹を括《くく》った。客が将棋を指せないのに、席料をもらう訳にはいかない。いやそのまえに、指したくてやって来るのに相手がいないでは「看板に偽りあり」となる。将棋会所を名乗りながら、それほど恥ずかしいことはないではないか。

二

客たちが帰ると、信吾と常吉はいつものように将棋盤と駒を拭き清めた。

通い女中の峰が来て食事の用意をしてくれているあいだに、二人は湯屋《ゆや》に出掛けて汗を流す。そしてもどると板の間で向きあい、箱膳をまえにして食事をした。

食べ終わると、常吉は食器を洗って後を片付け、三畳間にさがって寝に就く。

ところがその日はさがらずに、信吾のまえに正座した。以前にも一度、時刻になっても寝ようとせず、それればかりか子供らしからぬ絡み方をしたことがあった。

「旦那さまにお願いがあります」

間髪を入れずに受けた。

「奉公を辞めたい、というのではないだろうな」

口減らしのために奉公に出された常吉が辞めないことは、いや辞めたくても辞められないことはわかっている。わかっていながら、前回のように絡まれてはかなわないので、軽く出鼻を挫《くじ》いたのだ。

「どうして奉公を辞めるなんて」

喰《く》い入るような真剣な目であった。

「奉公人が膝をそろえてきちんと坐り、旦那さまにお願いがありますと言うときは、九分九厘そうだと決まっている。そのとき一度は引き留め、それでも辞めたいと言えば、そこで初めて認めるものだ。だが、わたしはそれほどわからず屋ではない」

常吉は膝の上で拳を握りしめ、真っ赤な顔になった。まさか信吾がそんなことを言うとは、思ってもいなかったのだろう。

実は信吾には、常吉が正座した瞬間に、なにを言いたいのかはわかっていた。だからそう言ったのだが、常吉が信吾のからかいを真に受けて、途方に暮れているのを見るとさすがに可哀想《かわいそう》になった。

「お願いですから将棋を教えてください、そう言いたかったのではないのか」

「えッ」

「ちがうのか」

「いえ」

「おハツさんだな。惚《ほ》れたのか。まだ十二のくせに、色気付きやがって」

口調や言葉遣いが変わったのに、動揺した常吉にはそれさえわからないようだ。

「ち、ちがいますよ」

「へッ。赤い顔してへどもどしてやがら。常吉にすれば将棋なんて、年寄りが時間潰しをする退屈なものとしか思っていなかったんだろ。それなのに今日、自分より年下の、それも女の子が目の色変えて夢中になっている。なにがそんなにおもしろいのだろうと、びっくりしたのだな」

「は、はい」

「正直でよろしい。で、あんな可愛《かわい》い女の子と、二人きりで将棋を指せたらどんなに楽しいだろうと、そう思ったにちがいない」

「い、いえ。そんな」

「責めてるんじゃないんだ。だって、そう思って当然だものな。席料をもらって、茶や莨盆《たばこぼん》を出して、お客さんの履物をそろえ、店屋物を頼まれたら註文《ちゆうもん》に走る。将棋を指す年寄りは陰気で、ぼそぼそ訳のわからないことを言って、それが毎日だものな。大川に向かって、いい加減にしてくれよ、って叫びたいだろう」

「は、はい。あ、いえ、ちがいます。ぜ、絶対にそんなことはありません」

そのうろたえ振りを見ていると、もう少しからかいたくなる。

「しかし算盤《そろばん》のことがあるからなあ。扱い方を憶《おぼ》えたら、あとは毎日続けて少しでも早く玉を弾《はじ》けるようにしなければならないのに、なんとか使えるようになると、怠けて稽古をしないじゃないか。常吉は不熱心だから、将棋にしたって、せっかく教えてもすぐに投げ出してしまうと思うんだ」

「そんなことありませんってば」

「ほんとかな」

ほとんどのことに興味を示さなかった常吉が、ハツのことがあったとしても、将棋に関心を見せたのである。あまりいじって熱を冷ませては元も子もないと、信吾は教えることにした。

「では六畳の座敷に移ろう」

信吾が行灯《あんどん》を提げて六畳の間に入ると、常吉がついて来た。

常吉は座蒲団を二枚敷くと、そのあいだに将棋盤を据えて上に駒入れを置いた。そこまでは毎朝、客が来るまえに常吉がしなければならない仕事とおなじである。

向きあって坐ると、信吾は箱から駒を出した。そして二枚を摑《つか》むと常吉に見せた。

「これが親玉、つまり大将で、王将《おうしょう》と玉 将《ぎょくしょう》と呼んでいるが、ちがいはわかるか」

じっと見てから答えた。

「点のあるのとないのと」

「そうだな。上位の者、つまり強いほうが点のない王将、下位の者が点のある玉将を自分の大将として戦う。将棋は敵の大将を追い詰めて、それ以上、逃げも動きもできなくしたほうが勝ちだ」

王将と玉将のほかには歩兵《ふひょう》、香車《きょうしゃ》、桂馬《けいま》、銀将、飛車、角行《かくぎょう》、金将の七種類の駒がある。

信吾は一枚の駒を取りあげた。

「これが歩兵だ」

「フヒョウ」

うなずくと説明した。

略して単に歩《ふ》と呼ぶことが多く、戦《いくさ》で言えば足軽のようなものだ。まえに一つずつしか進めない非力な駒だが、「歩のない将棋は負け将棋」と言われるくらい重要である。捨て駒としてうまく使えば、おおきな効果をあげることも可能だ。敵陣に成りこむと「と金」と名が変わって、金将とおなじ働きをするが、敵に取られても相手が使うときにはただの歩兵としか使えない。

ほかにも二歩と打ち歩詰めの禁じ手があるが、一度には憶えられないだろうから、その都度教えることにした。

そのように信吾は一つ一つの駒について、役割や動き方を話して聞かせた。

続いて駒の並べ方、つまり布陣を教えた。

「よし、今夜はここまでだ。早く強くなっておハツさんと指したいんだろう。常吉は『駒形』の奉公人だから、お客さんがお見えのあいだは将棋を指せない。でも、人が指してるのを見るだけでも勉強になるぞ。それが仕事だから、お茶や莨盆を出し、履物を揃え、店屋物を頼みに走らなければならない。だがそれ以外は暇なんだから、柱に凭《もた》れて居眠りしてないで見物させてもらいなさい」

「うん」

「うん、ではない。はい、だろ」

「では、今夜はもう休みなさい」

「はい」

「お休みなさい」

「お休み」

新しい言葉や知識が雪崩《なだ》れこんだので、常吉はおそらく寝付けないだろうと信吾は思った。そのため少し読書してから、日課の鍛錬を始めた。将棋の基本以前を教えたので時間を取られたため、その夜は棒術や鎖双棍《くさりそうこん》は中止し、木剣の素振りと型のみにとどめた。

少し大気が湿っぽいなと思っていると、翌朝は雨になった。

「おはようございます」

いつもより早く、それも起こされずに自分から起き出した常吉は、元気な声で信吾に挨拶した。

この家は厠《かわや》がべつに建てられているので、外に出なければならない。

雨が降っているので、常吉は悄気《しょげ》返《かえ》ってもどって来た。ハツに会えるのが、それほど楽しく心弾むことだったのかと、信吾は可哀想になった。雨風の日は「駒形」に来られないと、平兵衛が言っていたのを思い出したのだろう。

「どしたい。元気がないな」

「元気です」

「常吉」

「へい」

「照る照る坊主を作って、吊《つ》るしておくと昼過ぎには晴れるかもしれんぞ」

「そうですね」

と言ったものの、「どうせ気休めなのに」と顔に書いてあった。

「駒形」には毎日のように客が来るので、着物の鉤裂《かぎざ》きや綻びを繕い、下駄や草履の鼻緒の挿《す》げ替えをしなければならないことがある。そのため母の繁が、針と針山、糸に紐《ひも》、鋏《はさみ》、端切れなどを入れた箱を持って来てくれていた。

信吾は古くなった手拭いの、無地の部分を適当な長さに切り取った。反故紙《ほごがみ》を丸めるとそれを手拭で包《くる》み、その下を糸で縛る。

常吉に墨を磨《す》らせると、丸めた部分に「へのへのもへじ」を書き入れた。照る照る坊主の顔である。吊るせるように紐を結んでやった。

常吉に脚立を持って来させると、軒下に吊っておくようにと言った。

「なんと言って唱えるか知ってるか」

「照る照るボーズ、照るボーズ、あーした天気に、しておくれ」

まるで気が入らず、だらだらと義務的であった。

「そんなにのんびりした唱え方だと、神さまは願いを聞いてくれないぞ。それに明日天気に、じゃないだろ。昼から天気にでないと、おハツさんは手習所が終わっても来られない」

最後のひと言が効いたようだ。

「照る照る坊主照る坊主、昼から天気にしておくれ」

常吉は恐ろしい早口で、まちがえることなく、舌も嚙《か》まずに三度続けて唱えた。

しかし甲斐なく、その日は終日雨が止まなかった。晴雨に関係なく通う客もいるが、さすがにいつもよりは少ない。だから常吉は暇をもてあそぶことになる。

あれだけ言っておいたのに、客たちが指すのを見ることもなく、空を見あげては溜息《ためいき》を吐《つ》いていた。最初から関心は将棋ではなくハツにあるのはわかっていたが、ここまで露骨だと苦笑するしかない。

ところが次の日に異変が起きた。皮肉なことに常吉の願いが一日遅れで通じたのか、抜けるような青空となったのである。

それだけなら異変と言うほどのこともない。五ツをすぎてほどなく、老人客が孫を連れてやって来たのだ。しばらくするともう一人が、やはり孫を連れて来た。べつに連れ立って二人の少年が姿を見せた。そのだれもが十歳前後だろう。

「えーッ、なんで来たの」

「将棋に決まってるじゃないか。そっちこそ、どしたのさ」

「子供が指しに来てたってから、ほんじゃ、と思って」

「嘘《うそ》だい。女の子だからだろう」

浅草界隈に住んでいるので互いに顔見知りで話が弾み、お蔭《かげ》で「駒形」の空気が前日までとは一変した。あとからやって来た客たちも、いつもはむっつりとしているのに、少年たちに気付いて笑顔になった。

次第にわかったのだが、かれらは祖父や父親に将棋の手ほどきを受けていたのである。「駒形」に興味はあったのだが、客が年寄りばかりで、若くても二十代、十代は一人もいないのを知ってためらっていたらしい。

ところが十歳ほどの、それも女の子がやって来て、しかも席亭の信吾と指したという。祖父に聞いたり、湯屋で耳に挟んだりしたかれらは、とても無視することはできない。だったら行ってみようと、ようすを見に来たのだとわかった。

しかも今日は五日なので手習所が休みである。だから朝から来ることができたのだ。

親にもらったのだろう、だれもが席料の二十文を握り締めていた。普段は日に一文か二文しか小遣いをもらっていないのだから、かれらにすれば大金だ。いや、親ではなく祖父が出したのかもしれない。将棋の手ほどきをしたのなら、それくらいしてやって当然だろう。

前日あれほど悄気返っていた常吉が、嘘のように元気になった。

「はい。二十文、ありがとうございます。朝いただいた方には、お昼ご飯を食べに帰られても、もどられたときにはいただきません」

まるで別人のように、話し方や動作まできびきびとしている。お蔭でそれまで、いかに厭々《いやいや》やっていたかがよくわかった。

祖父に連れられて来た二人は、連れ立って来た二人と指すことになったようだ。やはりいつも指している祖父ではなく、別人と対局したかったのだろう。

茶を出し終わった常吉は、昨日は見向きもしなかったのに少年たちの対局を見学した。同年輩ということもあって、親しみが感じられるからかもしれない。

そして少年たちはだれも、もちろん常吉もだが、絶えず出入口の格子戸に目をやる。だれもがハツのことが気になってならないのだ。

そして五ツ半（九時）を少し過ぎたころ、大人と子供の下駄音がしたかと思うと、格子戸が開けられた。

「みなさんおはようございます。席亭さんおはようございます。常吉おはよう」

ハツの声に、一斉に挨拶が返されたが、これも異変と言っていいだろう。

名前を憶えてくれていたことがよほどうれしかったのか、常吉は満面の笑みであった。

「あらッ」

ハツは同年輩の少年たちがいるのに驚いたようだ。「駒形」には年寄りの客しか来ないと思っていたからだろう。

「ハツさん、おはよう。おいら留吉《とめきち》ってんだ。ハツさんと指したくて、まだ暗いうちから待ってたのさ」

「嘘つけ。こいつの言うこと信じちゃだめだぜ、ハッちゃん。その点、おいらは正直だからね。正直正太《しょうた》って呼ばれてるくらいだ」

あとの二人も負けじと名乗り、喋《しゃべ》り始めたので騒がしいことになった。

「ちょっと待ってちょうだい」と、ハツは両手を挙げて少年たちを制した。「そのまえに常吉に席料払っとかなきゃね」

「はい。ありがとうございます」

常吉は崩れそうになる笑顔で、ちいさな盆に二人分の席料を受け取った。それと同時に四人が口々に喋り始めた。

「まあ、待ちなさい」と、信吾は少年たちに言った。「おハツさんと勝負しようなんて、本気で考えてるのか」

「本気本気」

と一斉に声が返って来た。

「とても歯が立たなくて赤っ恥を搔《か》くのがわかっているだけに、辛《つら》い思いをさせたくないなあ」

「小父《おじ》さん、さあ」と、留吉が抗議した。「おいらの腕がどのくらいか、知らないじゃないか。それなのに、なんで歯が立たないなんてひどいことが言えんのさ」

「留吉。わたしは小父さんではない。この会所の席亭で信吾と言う。それにな、力は顔に出るものなのだ。おいらはヘボでございますと書いてあるぞ」

留吉はあわてて顔を撫《な》でた。

「だから、留吉が簡単に負かされるのがわかっている。今日初めて来たが、お客さまであることには変わりがない。席亭としては、お客さまに赤っ恥を搔かせる訳にいかんではないか」

「だって勝負だからわからないよ。勝敗はときの運だって教わったぜ。勝ち負けは力どおりとはいかず、そのときの運がおおきいんだって」

「そのとおりだがな、留吉。それは力に差がないとき、お互いがおなじくらいの力のときに言うことだ。これほどおおきな差が開いているとなあ」

「だから、やってみなきゃわかんないって」

「おハツさん、どうするね。赤ん坊の手を捻《ひね》るようなもんだと思うけど」

「あたし一回は、みんなと指してみたい。だって初めてだもの。どんな指し方するか知らないし」

「だったら、おいらが最初。なんせ、この中で一番強いからね。おハツさんには、おいらに負けた悔しさを、こいつらで晴らさせてやりたいんだ」

「留吉は口ばっかりだからね。言ってるほど大したことないから、指すだけむだだと思うよ」

「黙ぁれ。騒々しいぞ」と、信吾は四人に言った。「おハツさんが、下々《しもじも》のお相手をしてもいいとおっしゃってるんだ。順番を決めるのが先だろう」

四人は顔を見あわせ、遣り取りを始めたがまとまる訳がない。

「ジャンケンはだめだよ。彦一《ひこいち》はずるして、いつも後出しするんだから」

「負けたやつが口惜しいから、おいらのせいにするんだ。いつもちゃんとやってるぜ」

「そう見せるのがうまいんだよな」

「拳を振るときに、グーかチョキかパーの癖が出るんだよ。それを見抜けば負けることないのに、鈍いからわからないんだよ」

「黙ぁれ、黙ぁれ。本当に騒々しいやつらだな。静かに指してるお客さまに迷惑だ。席料もどして、帰ってもらうぞ」

信吾がそう言うと、だれもがしゅんとなってしまった。

「わかればいい。では、籤《くじ》を作ってやろう。まちがいが起きないように一番から四番まで書いた紙を作るから、籤引きすればいい。文句はないな」

「あら」と、ハツが言った。「常吉は籤に入らないの」

「おいら、習い始めたばかりだから」

「そんなこと言って、本当は一番強いんでしょ。だってここで毎日、いろんな人の勝負すんのを見てるもんね」

「いや、本当に」

「そっか、将棋会所で働いてるから、お客さんに勝ってはいけないと我慢してんのね」

「そうではなくて」

「顔見たら、一番強そうだよ。能ある鷹《たか》は爪隠す、なのね」

「ちがいますってば、本当に覚え始めたばかりだから」

「いいとこあるわね、常吉」

「常吉、どうだ指してみるか。奉公人だからって遠慮することはないぞ。勝負の世界は別物だからな」

「旦那さま、勘弁ねがいますよ」

「おっと、籤を作らんとな」

信吾が籤を作り、四人がそれを引いて、一番から順にハツと手合わせしたのだが、信吾にすれば指すまえから結果は明らかであった。

信吾が言ったように、四人はハツに軽くあしらわれたのだが、だから恥じて顔を見せなくなった、などということはなかった。同年輩の仲間を誘って「駒形」に来るようになったのである。

そのうち、かれらが指しに来るのは、手習所が休みの、一日、五日、十五日、二十五日でほぼ定着した。毎日の小遣いを溜めて、あとは親に足してもらい、なんとか来られるということだろう。

裕福な家の子は平日の午後にも顔を見せていたが、そのうち同年輩の仲間が集まる手習所の休日に落ち着いたようである。

将棋会所を開きたかったのに、高齢になったために信吾に託した甚兵衛は、若い客が増えたことでおおいに気をよくしていた。もしかしたら「駒形」も変わるかもしれんな、そんなふうに感じさせるようになったのである。

三

ハツの登場が「駒形」にとっていかにおおきな出来事であったかを、信吾はしみじみと思わずにいられない。

それまでは三十代でさえ若手で、二十代となるとほんの数人しかいなかった。ところがハツが通うようになってから、十代だけでなく、二十代や三十代の客も集まるようになったのである。

敷居が高く感じられていたのに、十代が出入りするようになったので、気楽に顔を出せるようになったのだろう。人が多くなると、対局できる相手も多彩になるし、競争心も湧く。

若い将棋好きが集まる場となるよう工夫しなければと言っていた甚兵衛は、若手が次第に多くなるのでほくほく顔である。

暇潰しに来る連中が主のころには、空気がどことなく淀《よど》んで感じられたが、それがすっきりと爽やかになった。若さには活気と意欲があり、切磋琢磨《せっさたくま》するようになったために、全体の力量が目に見えて上昇しているのが実感できた。

信吾にとってはもう一つの驚き、いや喜びがあった。常吉が信じられぬほどの変貌を見せたのである。

言われたことは満足にできないし、仕事は愚図だし、簡単なことさえなかなか覚えられないし、さまざまなことに興味を示すという子供らしさが感じられないしと、これまでは呆《あき》れるばかりにないない尽くしと言ってよかった。

喰うことにしか関心がなかったのである。

愚鈍、としか思えないほどであったのだ。

ところが岡《おか》っ引《びき》の権六親分ではないが、「常陸国《ひたちのくに》は大洗《おおあらい》、とんだ大笑い」であった。

自分よりちっちゃい女の子のハツが、将棋に興味を持ってわずか一年で祖父を負かしたと知ったことで、壁が音を立てて崩れ落ちたのかもしれない。そのハツは「駒形《こた》」の席亭である信吾と対局して、負けると泣き出したのだ。ということは、勝てれば堪えられないほどの喜びがあるからにちがいない。

常吉は世の中にそんなものがあるとは、想像もできなかったのだろう。

教えてほしいと言うので教えたのだが、信吾はそれまでの常吉に対する感じ方や思いが、まるでちがっていたことを思い知らされた。意外と冷静で、けっこう物事を深く考え、細かなことにも気付き、記憶力も悪くない、いや、かなりいいことがわかったのである。

これまでのあれは、一体なんだったのだと言いたくなる。

常吉にとってはいかに退屈で、やる気の起きない日々であったかということだ。おもしろくないし、退屈だしで、うんざりしていたのだろう。

ああ、自分は表面しか見ていなかった、見えていなかったのだなあ、と信吾は思わずにいられなかった。

それまでは言われたことをこなすだけで、静かになったと思うと柱に凭れて居眠りをしていた。興味を示すのは食べることだけの常吉の、内に秘めたもの、なにを思い、なにを考えているのかに思いを馳《は》せることなど、まるでしなかったのだ。

果たして常吉は、あれこれと想像することなどあるのだろうかとさえ思っていた。あまりなにごとにも興味を示さないので、なんとかおもしろいと思えるものを探してやらねば、と信吾は考えていた。なにも案ずることはなかったのだ。常吉はそれを自分で見付けたのである。

自分がおもしろいと思うものを発見しただけで、まるで人が変わったように感じられた。一度《ひとたび》将棋に魅せられた常吉は、将棋以外に対しても強い興味を示すようになったのである。目のまえを塞いでいた紗幕《しゃまく》が、切って落とされでもしたようであった。

人とは不可解で不可思議なものだ。

そう思わせたのは常吉だけではなかった。

意外なことに、ハツは信吾の危惧に反して対局者に困らなかったのである。困らないどころか、順番待ちという盛況であった。信吾にとって、これほどうれしい誤算はない。

もちろん、最初心配したとおりになったこともある。おなじくらいの腕だと思って、ハツとの対局を打診すると、それとなく避ける者もいたのだ。

だがそれは一部でしかなかった。十代や二十代の若い客が増えたということが、おおきく流れを変えたのだろう。女の子が将棋を指すのをおもしろがる者もいたし、どんな考え方の持ち主かとか、どんな勝負が楽しめるかと思う者のほうが多かったのである。

勝敗に対する反応も変わった。勝てばうれしがるし負ければ口惜しがるが、それが尾を引かなくなったのだ。

それはハツにしてもおなじであった。初めて信吾と対局して敵《かな》わなかったときのように、泣きはしなかった。いや、あのとき涙を流したことで、ひと皮剝《む》けたのかもしれない。

「おハツさん、楽しそうだな」

「うん。楽しい。楽しくてたまんない」

「なにがそんなに」

「人ってみんなちがうことがわかったし、いろんな考えがあることもわかったわ。それにどう進めたら勝てる、と言うのかしら、少し先が読めるようになった気がするの」

「いろいろあるんだな。中でも一番楽しい、よかったことは」

「じいちゃんが、あたしが思ってたより、ずっと強かったこと、かな」

「それがわかったんだ」

「そうなの。始めて一年にしかならないあたしに負けるのだから、表町で一番強いと言っても大したことないと思ってたの。ところがここに来て、勝ったり負けたりしてるけど、相手の人はけっこう指せる人なの。ということは強いんだ。さすがハツのじいちゃんだって、見直したわ」

「そのじいちゃんを負かすんだから、おハツさんはすごく強いってことになる」

「そっか。エヘヘヘヘ」

将棋会所で評価されるのは、なんと言っても強さである。ハツは強いだけでなく、すなおで明るく、しかも茶目っ気もあった。これで人気にならない訳がない。

若い客層が増えたこともあって、「駒形」はいい方向に動き出したと信吾は思っている。なによりも活気が出て来たし、八割は超えていただろう暇潰しの客が、今では五割以下に減っている。その分、まえ向きな客が増えていた。

しかし、だ。

将棋会所のほうは順風満帆と言っていいが、よろず相談屋のほうは一向に軌道に乗る気配がなかったのである。本来、相談屋に重点を置きたい信吾には、それがもどかしくてならなかった。

インチキ賭け将棋に引きずりこまれた質屋の三男坊を、害に遭わさずに守ったことがある。息子はその後、自ら立ち直ったのだが、父親は信吾のお蔭だと、息子が騙《だま》し取られたはずの五両を相談料として払ってくれた。

またある大名家のお家騒動に巻き込まれ、訳のわからぬままに解決してしまったときには、前金十両と謝礼百両、計百十両という大金をもらっている。

信吾が考えているのは、多くの人の日常的な悩みを解消して、相応の相談料を受け取ることであった。相談で儲《もう》けようなどという気は、これっぽっちもない。だがなにもかもが、思うように運ぶ訳ではないこともわかっていた。一日惚れの恋患いの騒動に振り廻されたとき、庭にやって来た鳩《はと》にこう言われたのである。

――半年や一年は客はないかもしれんな、くらいの気持でいなきゃ大成しないよ。

相談客が来ないと、信吾は鳩に言われたことを思い出して、焦ることはないのだからと自分に言い聞かせていたのである。

ところが白犬に閉じこめられてしまった幇間《たいこもち》の宮戸川ペー助を、女房のセツと娘のスズに会わせ、いっしょに住めるようにしたことで事情がおおきく変わった。その後、思いがけず人にもどれたペー助が、恩義に感じたのか人を紹介してくれるようになったのである。

何人かがやって来てから、信吾はあることに気付いた。だれもがかならず、判で捺《お》したようにおなじことを言ったのである。

「信吾さんのやってらっしゃる、よろず相談屋はこちらでよろしいでしょうか。あっしは宮戸川ペー助さんに教えてもらった者ですが」とか、「宮戸川ペー助さんに紹介されてやって来たんですが、よろず相談屋の信吾さんはおいででしょうか」などと言う。順番はちがうが、宮戸川ペー助、信吾、よろず相談屋の三つの言葉が組になっていた。

これはおそらく、将棋客の耳に届くようにとのペー助の配慮だろう。客の知りあいに悩んでいる人がいれば、声を掛けてくれるかもしれないと考えたにちがいない。

人にもどれたぺー助が宮戸屋に一席設けてくれたが、その数日後に最初の客が来た。

「では、あちらで」と、信吾は居室としている六畳間に通した。

「それにしても、ぺー助さんは律儀な人だなあ。わたしは、当たりまえのことをしただけなんですがね」

「え、どういうことでしょう」

「ぺー助さんにこう言われたんじゃないですか。世話になった人が将棋会所とよろず相談屋ってのを始めたんだが、相談屋には客が来ねえらしい。だからサクラになってもらいたいんだ、とわたしに払う相談料を渡されたんじゃないですか。なにか相談事を考えて、おれに教えられたからと言って、よろず相談屋の信吾を訪ねてくれって」

相手は目を丸くしたが、信吾には図星だったのだとわかった。

「いえいえ、そんな。それに信吾さんは、当たりまえのこととおっしゃいましたが、ぺー助さんは言葉では言えないほどの大恩だと」

「わたしがなにをしたかは、話してないんでしょ。そこが、いかにもぺー助さんらしいところです」

「ともかく、相談を」

「預かった相談料がいくらか存じませんが、それは収めてください」

「え、一体どういうことで」

「相談事の考え賃です。けっこう苦労されたんじゃありませんか」

　相手は、今度は口をおおきく開けたままであった。

「二十歳という若さで相談屋をやるだけあって、こっちの気持をお見通しだとペー助さんが言ってましたが、なるほど、このことだったんですね。実は苦労しました。のんびり生きていて、悩みなんてありゃしないのに、ありもしない悩みを考えなきゃならないんですから」

「地獄の苦しみ」

「まさに、そのとおりでして」

「ペー助さんに会ったら、あなたから相談を受けて、悩みが解決したと喜んでもらえましたと言っておきましょう。で、一つお願いがあるんですがね」

「ええ、なんなりと言ってください」

　相談料が自分の物になるとわかったからか、相手は胸を叩《たた》いてそう言った。

「ここを出るとき、お蔭で気が楽になりました、とか、相談してよかった、なんて言っていただけるとありがたい」

「お安い御用です。ほんじゃ」

「四半刻（約三〇分）ぐらい経《た》ってからにしてください。お見えになったばかりじゃありませんか」

「いくら信吾さんでも、解決するには早すぎますか」

「あなたがお考えになった相談事を、お聞きしてもいいですよ」

「いやあ、取ってつけたような話ですので」

その男は前座の噺家《はなしか》であったが、ほかの客もほとんどが芸人なので、その辺りは実にうまくやってくれたのである。

宮戸川ペー助に紹介されたというサクラが四、五人も来たころから、ぼつぼつとではあるが本物の客が来るようになった。だれもが悩みが解消した、楽になった、もっと早く相談に来ればよかった、などと言って帰ったからだろう。将棋会所の客が、それを湯屋や髪結床《かみゆいどこ》で話したのかもしれない。若いが、人の気持がよくわかる人らしいなどと噂《うわさ》が広まったようだ。

将棋会所の客も、やはりペー助に紹介されたと言ってやって来た。義理で来た人がほとんどだろうが、常連になった人もいる。

ペー助は祖母の咲江に、信吾に相談してからすべてがいい方向に動き出したと言ったが、それは信吾にしてもおなじであった。ペー助の相談に乗ってからというもの、なんだか回転がよくなったのである。

恩恵を受けたのは相談屋だけではない。

なにかに興味を持たせて、活き活《い い》きした人間になってもらいたいと思っていた小僧の常吉は、ちょっとしたきっかけで将棋に夢中になった。将棋会所の奉公人とすれば、これは蛹《さなぎ》から蝶《ちょう》になったに等しい、見事な羽化ではないだろうか。

信吾が常吉に、将棋について教えられるのは夕食後のわずか半刻ほどである。しかし駒の動かし方だけでなく、規則がわかってからというもの、常吉は暇を作っては、対局を熱心に見るようになっていた。

もちろん奉公人ゆえ、対局が終わっても、客にあれこれ訊《き》いたり教えてもらったりすることはできない。見物中に用を言い付けられ、中断しなければならないこともあった。だから夜のわずかな時間に、信吾から少しでも多く吸収しようとする。なるべく疑問点を的確に知りたいと思っているからだろう、問うことを要領よく整理しているのがわかった。

ある夜、あれこれ教えて知識や知恵を身に付けることも重要だが、実践に勝るものはないということで信吾は常吉と対局してみた。すると、予想していたよりも、階段で言えば数段上にいることがわかったのである。

中の腕になっていた。まだ中の下だが、わずかな期間で六、七割を占めるその他大勢の下からは、抜け出していたのである。ほとんど他人の対局を見るだけでも、心掛け次第ではこれほどまでに得る物は多いのだ。

「将棋は筋が悪くては強くなれん」と、信吾は言った。「強くなるには、筋の良い人の勝負を見るのが一番だ」

「だったら、筋が悪いのはどんな人ですか」

これにはちゃんと答えねばならない。

「むだが多い人だ。しなくていいことに力を入れてしまうので、力を入れねばならぬときに、力が足らず息切れしてしまう」

「例えばどなたが良くて、だれが悪いのですか」

常吉の言うだれかれとは、「駒形」の客である。となると奉公人に教える訳にいかない。

「それがわからんようでは大成しないな。なに、ちゃんと見ておれば自然とわかるさ」

対局をつぶさに見た訳ではないが、ハツも日々なにかを得ていると感じられた。

ハツに負けた常連の一人が、信吾と目があうと照れ臭そうに、ぺたぺたと額を叩いた。

男は六畳から土間に降りた。厠に行くらしい。

「腕をあげたようだね」

「顔に出てますか」

先日、信吾が留吉をからかったときのことを憶えていたのだろう。

「久し振りに並べてみるか」

「わッ、うれしい」

「負けても今度は泣くなよ」

ハツが、あれッという顔になって信吾を見た。

「あたし口惜しくて泣いたのではない。うれしかったから」

またしてもやられた。そうか、そうだったのか。

常吉のときとおなじであった。表面しか、一面しか見えていなかったのだ。余計なものに囚《とら》われなければ見えるものがあると、権六親分に言っておきながら、自分もついつい同じ轍《てつ》を踏んでいたのである。

その日は手習所があるため、腕白坊主どもは姿を見せていない。信吾がハツと対局するのがわかったので、常吉が傍らにやって来て正座した。

駒を並べながらハツが言った。

「じいちゃんに教えられて、こんな楽しいことがあるのかと夢中になったの。そして勝てるようになって、近所の人たちにも負けなくなったわ。だから天狗《てんぐ》になってたのね。ここに連れて来られて、信吾先生に」

「信吾先生……」

「あッ、ごめんなさい、席亭さん。いつも心の中で信吾先生って呼んでたから、うっかり言ってしまったの」

「いや、初めて呼ばれたから驚いたけれど、信吾先生ってのも悪くないな」

「わッ、うれしい。だったら、これからは信吾先生って呼ばせてくださいね、信吾先生。あの日、信吾先生にお相手していただいて、信吾先生にコテンパンに」

「おハツさん、信吾先生と呼ぶのはかまわないけど、使いすぎではないのか。それじゃまるで大安売りだ」

「すみません。ついうれしくなって。あ、それだったら信吾先生、おハツは止めて、あたしのことハツって呼んでください。おハツって言うと、お櫃《ひつ》みたいでしょ。お櫃が空っぽだよ、って言われてるみたい」

「おお、いいな。これから空っぽのおハツって呼ぼう」

「いじわる」

ちらりと横目で見ると、常吉が羨ましそうな目でハツを見ていた。奉公人の常吉には、信吾と弾むような会話を楽しむことなど、とてもできないからだ。

「最初の対局で涙を流したこと、ではなかったのかな」

「あ、いけない」とハツは舌を出した。「信吾先生がとっても遠くにいて影が踏めない、師の影を踏んではならないって手習所で習ったけど、踏めないどころか、後ろ姿さえ拝めないって思ったの。奥が深い世界なんだなあ、将棋の世界って、と思うと、どうしてもあれ以上指せなくなって。あたし、あのとき、おおきなお屋敷の門を入ったんだってわかったの、将棋という。それで信吾先生の見えない背中を追っ掛けようって、心に決めたら、なんだか気持が昂ぶって急に涙が溢れ出したんです。まちがった手を指してしまったらしいと気が付いて、それが口惜しかったこともあったけれど、将棋って凄《すご》いって思ってうれしかったからなの」

言い終わったとき、ハツは駒を並べ終わっていた。

「お願いします」

ぺこりと頭をさげたハツに「うむ」と応じ、対局が始まった。

実のところ信吾は、ハツのその煌《きら》めくような感性の豊かさと、それをすなおに言葉にできる表現力に圧倒されていた。

信吾も将棋の楽しさおもしろさを知ったとき、たしかに心を弾ませたのだ。しかし自分がなぜ将棋の世界に魅せられたのかを訊かれたとき、果たしてハツのようにすなおに、そして明らかに気持を表せるだろうかと思ったのである。「えっとね、なぜだかわからないけど、なんとなく」と、こんなことではハツに笑われてしまうだろう。

信吾が巌哲和尚に棒術を習い始めて間もなく、「伸びるときには、目に見えて伸びるものであるな」と言われたことがあった。武芸にかぎらないが、習い事をしていると急に伸びることがあるらしい。

寝て起きたら、まえの日よりうまくなっている、強くなっていると、明らかにわかるのだと言われたのだった。

それを実感できたのである。

ハツは見ちがえるほど強くなっていた。となると勝負に力が入る。信吾は相手がだれであろうと、加減したり手を抜いたりはしない。そんなことをすれば相手に対して無礼である。

唯一の例外は、この家をタダで貸してくれている甚兵衛であった。家をタダで借りているからとか、両親の営んでいる料理屋のお得意だからというだけではない。このご隠居さん、自分が勝ち越すまで、もう一番もう一番と、帰らせてくれないのである。だから甚兵衛にだけは、止むを得ず力を加減したのであった。

しかし、将棋会所のあるじとなってから、甚兵衛に挑まれたときには、手を抜かずに勝負した。信吾が勝ったので、だったら三番勝負で、それにも勝つと、五番勝負で、七番勝負でと言われて、残らず勝ったのである。

以来、甚兵衛は二度と挑まなくなった。

もちろんハツが信吾に敵う訳がないが、敗れたその顔は、力一杯戦ったことで清々し《すがすが》い満足感で輝いていた。

「ありがとうございました、信吾先生」

「うん。着実に力をつけているな」

ハツはにっこりと笑った。

客たちが帰ると、将棋盤と駒の手入れをしてから食事を摂《と》ったが、いつになく常吉に元気がない。ハツと信吾の対局を見て、自分がまだまだおおきな差を開けられていることが、わかったからかもしれなかった。

それとなく水を向け続けると、ついに常吉は重い口を開いた。

「おハツさんに全部、なにからなにまで言われてしまいました」

影が踏めないどころか、後ろ姿さえ拝めないと言ったことらしい。

「そうか、常吉もおハツさんとおなじ気持でいたのか。うれしいな」

「えッ」

「その気持さえあれば、かならず強くなれるさ。わたしの背中は微《かす》かにしか見えないかもしれないけれど、おハツさんの背中は見えてるだろう。だから、今夜はもう休んで、明日からこれまで以上に励むがいい。諦めない限り、追い着けるからな」

「う、うん。じゃなかった。はい」

「では、お休み」

「お休みなさい」

そうか、おなじ気持でいたのか。自分が言いたかったことを、ハツに先を越されて気落ちしていたのか。しかし、常吉なら立ち直れるだろう。

四

パンパンと手を叩く音がして、「へーい」と応じる常吉の声が聞こえた。またからかっているな、と信吾は苦々しく思う。

腕白坊主らが来るのは手習所が休みの日で、十歳前後の男児は最初の日は四人だった。やがて仲間を連れて来たり、噂を聞いてやって来る者がいたりで、いつしか十人を超えるようになっている。

それもあって、手習所の休日は「駒形」は子供客が多い。八畳と六畳の座敷だけでなく、板の間にも座蒲団を敷いて盤を囲むことが珍しくなかった。

用を頼むとき、客は「小僧さん」とか「常吉」と呼んで言い付ける。

「茶を淹れてくれませんか」

「莨盆の火種が消えたぜ」

「汗かいたんで、手拭い絞って持って来てくださいな」

「茶ぁこぼしちまった。拭いてくんねえか」

これらは将棋会所の仕事だから、常吉は「へーい」と応じて奉仕する。

中には個人的な用を言い付ける者もいた。

「小腹すかしちまった。いつもの塩大福を頼む」

「莨を切らしたんで、買って来てくれ。ああ、国府《こくぶ》だぜ」

小銭を受け取った常吉は、黒船町のすぐ西の日光街道まで走って買って来るのである。

これらはわずかだが駄賃がもらえるので、常吉は大喜びで駆けて行くのだった。

仕事がないと常吉は他人の対局を観戦するようになったので、八畳、六畳、板の間のどこにいるかわからないことがある。だから客たちは、手を鳴らして常吉を呼ぶようになった。

それを腕白坊主どもが真似て、常吉をからかったり、大人のわからないところでいじめたりするようになったのである。

パンパンと手を鳴らしたので、「へーい、なんでしょう」と常吉が駆け付ける。

「あれ、なんで来たの」

「手を叩いて、呼ばれましたので」

「勘ちがいだよ、常吉。蚊がいたからさ、叩き潰そうとしたんじゃないか」

そんなはずはない。蚊を叩くなら、ねらいをつけてパンと手を打ちあわせる。パンパンと二度も続ける道理がないのだ。

「子供らしくねえなあ」

そう言って睨《にら》む大人がいるので、人のいないところで意地悪するようになった。

留吉がやるので、ほかの者がまねる。野良犬の群とおなじだな、と信吾は思う。喧嘩（けんか）の強い順に序列が決まっているのだ。自分より上のものには絶対服従で、下のものが逆らえば徹底して懲らしめる。

それは飼い犬もおなじで、家族の中の力関係を素早く正確に見抜く。そして強いものに従い、弱いものを自分の下に置くのであった。

かならずしも、あるじに服従するとはかぎらない。かみさんを親玉と見ている飼い犬がほとんどだ。まず餌をくれるし、亭主の顔を立てながら実権を握っているのがわかるからだろう。

家族をちゃんと順位付けしているのである。そのため下位と見ている女の子があれこれ命令しても、鼻先で笑って従おうとはしない。

腕白坊主どもの親玉は留吉で、なぜなら連中の中では一番指せるし喧嘩が強いからだ。この留吉が、なんとかハツの気を惹《ひ》こうとするのだが、一向にかまってもらえない。むしろうるさがられていた。

ところがハツは常吉を認めているのである。最初腕白どもがハツとの対局順を決める籤引きをしたとき、なぜ常吉が入っていないのかを訊いたし、少年たちの中では本当は一番強いのだろうとも言った。将棋会所の奉公人だから、客に勝ってはいけないので我慢していると見ているらしいのである。

これが留吉にはおもしろい訳がない。だから、からかったり厭味《いやみ》を言ったりする。野良犬同然の腕白どもは、留吉に倣《なら》って常吉に辛く当たるのであった。

なんとかしなければならないが、だれもが納得しなければ、奉公人だから依怙贔屓《えこひいき》していると見られてしまう。しかも相手は子供とはいえ客なので、迂闊には扱えない。

信吾も常吉ほどではないが、客同士の対局を見ることがあった。意見を求められると、あれこれ述べることもある。席亭として当然だろう。

たまにだが少年たちの対局も見るので、留吉の弱点にはすぐに気付いていた。

「おなじ年頃の連中の対局をよく見ているが、常吉はどう思う」

ある夜、食事のときにさり気なく訊いてみた。

「どうって、なにがですか」

「勝てるんじゃないのか、若年組《じゃくねんぐみ》、つまり十代前半の、おなじ年頃の連中にならも、う」

「わかりません。それに、勝敗はときの運だそうですから」

「それにしても、よく我慢してるな」

「なにをでしょう」

慎重に答えたが、なにを訊かれたかはわかっているようだ。

「からかわれたり、嫌がらせをされたりしても、じっと堪《こら》えてるじゃないか」

「相手はお客さんですから」

「いくら客でも、ひどすぎると思うことがある」

少し間があった。

「でも、相手はお客さんですから」

二度目である。決まり文句のように出て来るということは、何度も自分にそう言い聞かせているからにちがいない。

「留吉の将棋の弱みはどこだと見てる」

「弱みがありますか、留吉さんに」

「弱みのない人間なんて、いないよ」

「旦那さまにもありますか」

「そりゃあるさ。お客さんには気付かれていないけどな」

「どこですか」

「自分の弱みを言う馬鹿はいない。だれだって、ひた隠しに隠すさ」

「留吉さんは、あの人が考えてもいなかった手を指されるといらいらするし、意味のわからないか、ねらいの読めない手にはカッとなります」

「よく見えてるようだな、常吉には。わたしも、まったくおなじことを感じていたんだ」

少しだが、常吉はうれしそうな顔をした。

「相手がいらいらすると、もっといらいらさせればいい。カッとなれば」

「もっとカッとさせる」

「そういうことだな」

「厭なところですね、将棋の」

「厭なところもあれば、たまらなくいいところもある。厭なところばかりだと、だれも将棋を指さなくなってしまうよ」

「かもしれないけど」

「こんなこと言っちゃなんだが、留吉たちは調子に乗りすぎている。この辺でなんとかしておかないと、そのうちに世間や人を小馬鹿にした、ああいう振る舞いが普通になってしまう。だから直そうと思うのだが、常吉に力を貸してもらいたい」

「えッ、おいらにですか」

さすがに思いもしなかったらしく、目を丸くしている。

「そう大したことではない。わたしが持ち掛けたら、その人と将棋を指せばいいんだよ。お客さんだからといって遠慮することはないし、あとになって意地悪される心配もないようにしておくから」

常吉は信吾をじっと見てから言った。

「留吉さんですね」

信吾の返辞に常吉は俯《うつむ》いてしまった。しばらくして顔をあげた常吉は、きっぱりと言った。

「そうだ」

「やります。なんとしても勝ちたいけど、勝てるとはかぎりません」

「ああ、勝負はときの運、とさっき言ったばかりだな。勝っても負けてもかまわない。力のかぎり戦ってくれればね。良い勝負になると、わたしは睨んでるんだ」

となると手習所が休みで、留吉たち腕白坊主どもが集まる日だが、一つだけ条件が付いた。ハツの来られる日でなければならない。つまり雨風の心配がなく、平兵衛の体調がいい日、ということであった。

その日も「駒形」は朝から賑《にぎ》わったが、いつしか八畳座敷の一角に人が集まっていた。ハツが熱戦を繰り広げていたからだ。相手は最近通うようになった二十代の若手で、非常に冷徹な攻めをする男であった。上の中、と信吾は見ている。

観戦する者のほぼ全員がハツを応援していた。ただし声を出すことは許されないので、心の裡《うち》で声援を送りながら、一喜一憂していたのである。

一進一退を繰り返していたが、指したほうの形勢が有利になり、絶えず優劣が逆転するという鍔迫《つばぜ》りあいであった。

腕白坊主どもだけでなく、いつの間にか大人たちも取り巻いている。もちろん信吾も常吉も、早くからいい位置で息を呑《の》みながら観《み》ていた。

六畳間と八畳間を仕切る襖《ふすま》は取り外してあるので、六畳間側から覗《のぞ》きこむようにして見ている者も多い。

ハツがじりじりと追い詰められて行った。懸命に挽回《ばんかい》しようとするのだが、ほとんど手足を捥《も》がれた状態ではいかんともしがたい。もはや、いつ投了するかだけに、観戦者の関心は移っていた。

勝ちを確信した相手の指し手が、まるで舞台で見得を切る役者のように大袈裟《おおげさ》になった。その慢心が油断となったのかもしれないが、見損じがあり、そっと指したハツの手を見た相手の顔が一瞬にして強張《こわば》ってしまった。

まさかの大逆転となったのだ。

ハツよりも、応援団のほうが興奮してしまった。

「あるんですなあ、こんなことが」

甚兵衛が感に堪えぬという声を出すと、老人客の一人がうなずいた。

「勝負は下駄を履くまでわからないとは、よく言ったものです」

よほどの衝撃であったのだろう、相手の男は試合後の検討もせずにそそくさと姿を消してしまった。

二組ほどは自分たちの席にもどり、指し掛けだった勝負を続けた。だが、ほとんどの客はハツの近くに残って、先ほどの余韻に浸っていた。

「ところでハツさんは、若年組では常吉が一番強いんじゃないかと言ったことがあるけど、今でもそう思ってるのかな」

「はい、もしかしたら、もっと差は開いているかもしれないなって」

ざわついていた場が急に静かになった。緊張した空気が支配したと言っていいだろう。一年で祖父を抜き、負けはしたけれど信吾と指し、そして自分より上位の者に勝った、いわば天才少女のハツが席亭と話し始めたのだ。だれもが注目して当然であった。

「でもハツさんは、留吉や正太、それに彦一なんかとは指したけれど、常吉とは勝負してないだろ」

「常吉さんは、いつも人の対局を真剣な目で見てるわ」

「それだけの理由で、一番強いと言い切れるのかな」

「傍目八目《おかめはちもく》って言うそうですけど、横で見てると、指してる人より遥《はる》かによく見えるんでしょう。毎日それを続けてるのだから」

「それだけで指してる人より強くなれると言いたいのかい、ハツさんは」

「あたしは、じいちゃんが町内の人と指してるのを見て、自分が指してるのとおなじくらい、いろんなことが身に着いたと思ってますから」

「若年組で、今一番強いのはだれかな」

信吾がそう言って見廻すと、一斉に「留吉」との声が返って来た。留吉が胸を張る。得意満面だ。

「だれもが言うのだから留吉だな。どうだろう、若年組のみんなが一番だと言う留吉と、ハツさんが強いと思ってる常吉に対局してもらおうと思うんだが」

ざわつきが一気に盛り返した。「おもしれえ」「留ちゃん、ぶちのめしてやれ」「しかしハツさんが言ったんだから、常吉も強いんだぜ」「こりゃ、たまらないな」「わたしらの勝負は持ち越しにして、拝見しましょうや」「わたしゃ、ハツって女の子の眼力に賭けてみたい」などなど騒がしいったらない。

信吾はざわつきを鎮めると、普段の安物の将棋盤を横にどけて、本榧《ほんかや》脚付き四寸（約一二センチメートル）の盤を据え、本黄楊《ほんつげ》の漆の盛上駒《もりあげごま》の箱を盤の上に置いた。特別な対局に用いる盤と駒である。

周りはすっかり興奮してしまったが、当の二人、留吉と常吉はどうか。見た目は冷静である。だが、冷静でいられる訳がないのだ。なにしろ環視の中で指すのである。ともに初めての体験であった。要はその昂りに振り廻されるか、それを取り入れて自分の力とできるかどうかだろう。

「始めるまえにみんなに訊きたいが、将棋で一番大事なことはなんだ」

信吾は大人ではなく若年組を対象にしているので、話し方も自然とそうなっていた。

「そりゃ、なんたって勝ち負けじゃないの」

正直正太がそう言った。信吾は隣りに目を移す。

「やっぱり勝ち負けだと思うけど」

次々と目を移して行くと、断言したり、多少ためらったりはあるし、言い方がちがいはするものの、だれもが勝敗だと言った。

「負け勝ち」

通いだして間もない剽軽者《ひょうきんもの》の保助《やすすけ》が澄ましている。

「なんだ、引っ繰り返しただけじゃないか」

場が一気に和《なご》やかになった。

「そうだな、やはり勝ち負けだな。なぜならそのために戦うのだから。ただし、将棋は戦や喧嘩とはちがう。勝ち負けよりずっと大事なことがある」

そこでたっぷりと間を取って、信吾は若年組を見廻した。

「それは礼儀だ」

「レイギ？」

「そうだ。戦う相手を尊《たっと》ぶ気持、大切にする気持、つまり礼儀の心がなくてはならない」

将棋は武器こそ持たぬが、真剣勝負とおなじである。

個人と個人の戦いであり、その精神と肉体以外のものは一切関係がない。年齢や職業、身分、男女の差さえ問わない。

心と体だけで、死力を尽くして戦う。

そこにあるのはすべてを排除した、人と人である。それを互いに認めあうことで、闘いは成立する。

自分を大切にするように相手を大切にすることが、すべての基本にある。その心が礼儀に繋《つな》がるのだ。

「ゆえに将棋は、礼に始まり礼に終わる。盤に向かっているかぎり、まったく等しい人と人なのだ。だから戦いが終わったあとも、その気持を忘れぬことが大事だと思う。全力を尽くして戦えば、勝っても負けても互いを称《たた》えあうことができる。だから戦うまえに一礼し、終われば改めて一礼するのだ。わたしは、それが将棋の素晴らしさだと考えている」

「あ、あ、ああ」と、ハツが感極まった声を挙げた。「だから、あたしは将棋の虜《とりこ》になったのね」

そう言いながら見る目は、ハツが将棋ではなく信吾の虜になったことを示していた。だれもがそれを感じながら、口にすることはなかった。

勝負は静謐《せいひつ》だが緊迫したものとなり、息詰まる戦いの末に常吉が指し勝ったのである。

ぐったりと疲れながらも、二人には充実の気が横溢《おういつ》していた。留吉と常吉は相手を称えあって別れた。

それからというもの、「駒形」の客は指す相手が見付からなくても手持無沙汰にならず、退屈することもなかった。だれもが他人の対局を、静かに観戦するようになったからである。

当然だが、若年組が常吉に意地悪することもなくなった。

留吉と常吉の対局から数日して、甚兵衛が信吾にしみじみと言った。

「だれもが恐れる権六親分を、いつの間にか味方にしたときには驚きましたし、質屋の三男坊太三郎《たさぶろう》さんをインチキ賭け将棋から守り、あのひねくれ者をまともにしたときには舌を捲いたものです」

「いや、あれは太三郎さんご本人が」

「しかし、今回の『将棋は礼儀』には、まさに驚かされましたよ。席亭さんはこれで、すっかりお客さんの気持を摑んでしまわれた。特に若年組にとっては師匠でありながら、親しく接することのできる兄貴となりましたね。つくづくと、すごい方だと思いました」

「いえ、今にして思うと、わたしはこうであったらいいなとの、自分の夢を語っていたという気がするのですよ」

「だれにとっても夢だったのではないですか。だからみなさん、心を打たれたのだと思いますね」

「でも、せっかくいい夢を見たのだから、実現させないとただの夢に終わってしまいます。夢のままにはできません」

甚兵衛は自分がやりたかった将棋会所絡みで言ったのだろうが、信吾が夢のままにできないと思うのは本来の目的のほうである。

大病を患いながら死なずにすんだのは、世のため人のためにしなければならないことがあるからだと信じて、信吾は「よろず相談屋」を開こうと思ったのだった。だから正吾に、両親の料理屋を継いでもらうことにしたのである。

しかし世間知らずの若造のところに、相談に来る客がいるとは思えない。根気よく実績を作るしかないが、それにはかなりの期間が必要だろう。そのため、日銭の入る将棋会所を併設したのであった。家を出た以上、両親を頼ることはできないからである。

将棋会所には客が来始めたが、予想通り相談屋の客は来ない。あるいはと思っても、金にならないことがほとんどであった。それでも腐らずにやっていたら、少しずつではあるが仕事に繋がるようになってきたのである。遠くに、微かではあるが光が見えるようになったのだ。

これからが本当の勝負になる、と信吾は自分に言い聞かせた。なんとしても実現させねば、夢のままに終わらせては、自分が生かされている意味がなくなってしまう。だから一日一日を大切に、根気よく続けるしかないのである。

解　説

北上次郎

これは「ヘンな小説」だ。

主人公の信吾は、犬や猫と会話できるのである。三歳のときに大病を患い、三日三晩ひどい熱に苦しめられ、全快したときには生き物の声が聞こえるようになっていた、という設定なのだ。すごいのは、「その男、下心があるぞ」と忠告するものがいて、誰かと思ったら、板塀に張りついていたヤモリだった、というくだりが、このシリーズの第一巻『なんてやつだ　よろず相談屋繁盛記』にあった。

そうか、最初から書いておいたほうがいい。本書『まさかまさか　よろず相談屋繁盛記』は、その『なんてやつだ』に続くシリーズ第二弾なのである。主人公の信吾は、江戸下町の老舗料理屋「宮戸屋」の跡取り息子だが、店を弟に継がせて、自分は将棋指南所を開く。同時に、「よろず相談屋」の看板を掲げるのだが、そちらの客はあまりやってこない。なにしろこの信吾、まだ二十歳なのである。将棋会所「駒形」（これが信吾が始めた指南所の名前だ）のあるじとしては若い。それでも将棋のほうは実力さえあれば睨《にら》みが利くが、相談屋のあるじとしては貫禄《かんろく》にも欠けるので、なかなか客が増えないのも止むを得ない。

大店《おおだな》のお嬢さんが信吾を見かけてポーッとなってしまうように、なかなかイイ男ではあるのだが、店を弟に譲って相談屋を始めるように、現世の利益を求めないところがこの青年にはある。三歳のときかぎりなく死に接近しながら生還したのは、この世に自分の役目があるからだと信じて相談屋を開いた青年であるから、真面目なのである。この「よろず相談屋繁盛記」はその青年信吾の物語である。

で、冒頭に戻って、生き物と会話する話の続きだ。犬や猫と会話するのは、ペットを飼う人間の永遠の夢だが、信吾が会話できるのは、犬や猫だけではないのだ。第一巻『なんてやつだ』に次のような記述がある。

「信吾は犬猫や鼠《ねずみ》、牛に馬などの獣、鶏や烏《からす》、鳩《はと》や雀《すずめ》、梟《ふくろう》や燕《つばめ》のような鳥たち、蝶《ちょう》や蜻蛉《とんぼ》、蚊や蠅《はえ》、蛙《かえる》やイモリなど、生き物が語り掛ける声を聞くことができた。また、ときどきどこからともなく声が聞こえて、それに従うとかならずいい結果を招くことにも気付いていた」

会話できるだけではないのだ。声がどこからともなく聞こえてくる、ということは、つまりテレパシーである。「その男、下心があるぞ」とヤモリが忠告してくるんだから、いやあ、楽しい。そうなのである。楽しいのだ。冒頭に、「ヘンな小説」と書いたが、これは私にとって褒め言葉なのである。小説は現実に縛られる必要はないと思っているので、こういうとんでもない話は大好きだ。

たとえば本書の第三話「鬼の目にも」は、この信吾の設定がなければ成立しない物語だ。ある日、白い犬が訪ねてきて、「それにしても『よろず相談屋』のあるじさんにしちゃ、やけに若えな」と言うのである。そのくだりにこうある。

「以前は鳴き声が信吾にだけは人の言葉として聞こえたのだが、最近では黙っていても気持を伝えあうことができるようになっていた」

犬や鶯《うぐいす》に話しかけたりするところを目撃されると、奇異に思われるので、テレパシーで話せるようになったのは助かるというのだ。そりゃそうだろう。道端に立ち止まって、花にとまる蝶に話しかけていたりすれば、危ないやつと思われかねない。テレパシーのほうが遥《はるか》にいい。

で、白い犬の話に戻せば、その犬は幇間《たいこもち》だったと言う。ある日突然、犬になってしまったというのだ。この先が面白い。ぺー助（これが犬になってしまった幇間の名前だ）の冒険譚《ぼうけんたん》になるのだ。突然、見知らぬ犬が現れたら界隈の犬が縄張りを荒らすなと集まってきて喧嘩《けんか》になり、それを制したぺー助が野犬集団のリーダーになる。幇間のときに出入りしていたので、どこの店が美味《おい》しいとか、いちばん余りものが出る店はどこかとか、料理屋については詳しく、それで部下になった犬たちを引き連れていくと、ますますボスの評価があがって、彼は犬たちの親玉となる。
しかしそうなってみると、家族のことが心配で、なんとか人間に戻れないか。それがダメなら、家族と一緒に暮らすことはできないか。そうは思うのだが、会話できないとその望みも伝わらない。そういうときに犬の言葉がわかる人間がいると聞いて、信吾のところにやってくるのだ。

はたして、ペー助の運命がどうなるかは本書を読んでいただくとして、「よろず相談屋」にこんな悩みが持ち込まれるなんて、想像を絶している。人間に戻れるか戻れないかはともかく、会話することができる信吾がいて、ペー助はホッとしたことだろう。信吾が、ペー助と人間世界を繋《つな》ぐ窓になっているのだ。

第二話「話して楽し」も異色。これは、将棋会所「駒形」の常連客が、「間男」とは何であるかを議論する短編である。それだけ、といってもいい。だから、異色なのだ。ここには『ご隠居さん』に通じるものがある。これは他の版元から出ているシリーズだが、博覧強記の鏡磨《かがみと》ぎ師《し》・梟助《きょうすけ》じいさんが常連客をまわって歩き、そこでさまざまな知識を披露していくが、読者である私たちはその話を傍らで聞くかたちになる。これも楽しい。これもまた小説なのだ。

野口卓の作品がすべてこういうふうに異色の小説ばかりでないことも急いで書いておく。出世作となった「軍鶏侍《しゃもざむらい》」シリーズのリアルなものから、近年の傑作『大名絵師写楽』のような鋭い歴史謎解きまで、その作品は多岐に渡っている。それらの作品は多くの方から高く評価されているので私がこれ以上言うことは何もない。それらが正統派の時代小説であるならば、「ご隠居さん」シリーズや、この「よろず相談屋」シリーズは、どちらかといえば異端派の作品と言えるかもしれない。ようするに「ヘンな小説」だ。しかしだからこそ、この一群の作品を私はこよなく愛しているのである。

（きたがみ・じろう　文芸評論家）

本書は、集英社文庫のために書き下ろされた作品です。

本文デザイン／亀谷哲也［PRESTO］
イラストレーション／中川 学

集英社文庫

まさかまさか よろず相談屋繁盛記《そうだんやはんじょうき》

2019年1月25日 第1刷
2020年7月13日 第4刷

定価はカバーに表示してあります。

著者 野口《のぐち》 卓《たく》

発行者 徳永 真

発行所 株式会社 集英社
東京都千代田区一ツ橋2-5-10 〒101-8050
電話 【編集部】03-3230-6095
【読者係】03-3230-6080
【販売部】03-3230-6393(書店専用)

印刷 図書印刷株式会社

製本 図書印刷株式会社

フォーマットデザイン アリヤマデザインストア　マークデザイン 居山浩二

ISBN978-4-08-745828-2 C0193